ZHONGWAI SILIAO
ZHILIANG ANQUAN GUANLI BIJIAO

中外饲料
质量安全管理比较

王征南 解沛 牟永义 张军 梁凡 著

U0105680

化学工业出版社

·北京·

本书通过研究发达国家的饲料质量安全管理制度及饲料企业质量安全管理的先进经验，同时分析我国饲料质量安全管理制度及现状，并通过对饲料法规建立、饲料质量安全监管、推行FAMI-QS 与 HACCP 体系、建立饲料标准化体系等方面进行中外比较分析，从中探讨保证饲料质量安全的对策，对促进我国饲料产品质量和安全水平，饲料产业健康发展等方面具有重要意义。

　　本书适合饲料科研人员、大中专院校相关专业师生、饲料企业人员参考借鉴。

图书在版编目（CIP）数据

中外饲料质量安全管理比较/王征南等著. —北京：
化学工业出版社，2010.12
ISBN 978-7-122-09732-3

Ⅰ. 中… Ⅱ. 王… Ⅲ. 饲料-质量管理：安全管理-对比研究-中国、外国 Ⅳ. S816

中国版本图书馆 CIP 数据核字（2010）第 204104 号

责任编辑：张　彦　　　　　　　　　装帧设计：韩　飞
责任校对：宋　玮

出版发行：化学工业出版社（北京市东城区青年湖南街 13 号　邮政编码 100011）
印　　装：化学工业出版社印刷厂
720mm×1000mm　1/16　印张 9¾　字数 192 千字　　2010 年 10 月北京第 1 版第 1 次印刷

购书咨询：010-64518888（传真：010-64519686）　　售后服务：010-64518899
网　　址：http://www.cip.com.cn
凡购买本书，如有缺损质量问题，本社销售中心负责调换。

定　　价：38.00 元

我国饲料工业是伴随着中国改革开放而发展起来的，经过了从无到有，从小到大的过程，并取得了令人瞩目的成绩。2005 年，工业饲料总产量首次突破 1 亿吨大关。2009 年，工业饲料总产量连续 5 年突破亿吨大关，达 1.48 亿吨，连续 19 年稳居世界第二饲料大国。

而饲料质量的好坏直接关系到动物养殖业的发展，关系到动物产品的质量和安全。随着饲料工业的快速发展，中国饲料产品的质量安全问题逐渐暴露出来，特别是近几年来，由于饲料产品质量所引发的恶性事件在全国各地时有发生，对消费者利益和人民身体健康造成严重危害。由于兽药残留、重金属等有毒有害物质残留超标，造成中国畜禽产品出口受阻，蒙受巨大经济损失，饲料质量安全问题已经成为制约中国饲料产业持续健康发展因素中最为突出的问题。

为此，1999 年 5 月 29 日中华人民共和国发布并施行《饲料和饲料添加剂管理条例》，随后有关部门先后发布和修订了《饲料添加剂和添加剂预混合饲料生产许可证管理办法》、《饲料添加剂和添加剂预混合饲料产品批准文号管理办法》、《新饲料和新饲料添加剂管理办法》、《进口饲料和饲料添加剂登记管理办法》等，初步形成了饲料安全法律体系。虽然我国已经有了初步的饲料安全法律体系，但我们必须承认：我国饲料安全的法制化管理与国际水平还有差距；我国饲料安全法律体系的框架结构仍有待进一步地科学化、合理化。发达国家饲料安全法规体系对所涉及的各项内容的规定科学、严格、细致，有可操作性，对管理机构的职责、权利规定得十分清楚。

"国以民为本，民以食为天，食以安为先"。食品安全直接关系人民群众身体健康与生命安全，关系国民经济健康发展与社会和谐稳定。随着我国经济的快速发展和城乡居民生活水平、生活质量的日益提高，国民的食品消费需求已由吃饱求生存向吃好求健康转变，特别是随着经济全球化的迅猛推进和我国加入世界贸易组织后，对畜产品的质量安全水平提出了越来越严、越来越高的要求。饲料质量安全是关系食品安全的大事，是世界普遍关注的热点问题。饲料质量安全直接关系到消费者的安全，世界各国正普遍重视和关注饲料的科学性和安全性，特别是疯牛病的出现，抗生素的使用，给饲料工业和养殖业的发展带来一系列的问题。饲料质量安全已成为各国政府重视、社会关注和举世瞩目的热点。只关注饲料生产的数量已不符合社会发展的要求。美国、加拿大及欧盟等国家在饲料安全管理和饲料质量管理方面有着先进的管理经验和严格的法律法规。他们的饲料管理制度在全世界都有着广泛的影响，他们的经验有许多值得我们学习和借鉴的地方。

本书正是通过研究发达国家的饲料质量安全管理制度及饲料企业质量安全管理的先进经验，同时分析我国饲料质量安全管理制度和饲料质量安全管理的现状，并通过对饲料法规建立、饲料质量安全监管、推行 FAMI-QS 与 HACCP 体系、建立饲料标准化体系、在饲料企业中建立信用体制、发挥行业协会作用等方面进行中外比较分析，从中探讨保证饲料质量安全的对策。对促进我国饲料产品质量和安全水平的提高、保证我国饲料产业的健康发展、动物养殖生产的高效安全、保障人类及动物生存环境不受污染、动物产品的质量和安全、人体健康和社会安定，具有十分重要的意义。对提高我国饲料企业经营管理水平，促进中国饲料工业健康发展，加快实现由饲料大国向饲料强国的跨越也具有重要的意义。

为了使读者能够更好地理解国外有关认证与管理文件，附录中加入了中国华思联认证中心提供的 FAMI-QS 文件，以供大家参考。对中国华思联认证中心给予的帮助与支持，在此表示衷心的感谢。

由于作者水平所限，不妥之处在所难免，敬请读者批评指正。

作　者
2010 年 9 月

目 录

contents

第一章

引 言

1.1 研究目的和意义

我国饲料工业是伴随着中国改革开放而发展起来的，自 20 世纪 70 年代中后期起，经历了新兴、成长、调整三个阶段，已初步建立了比较完善的产、销、研体系。2005 年，工业饲料总产量首次突破 1 亿吨大关，2009 年，工业饲料总产量连续 5 年突破亿吨大关，达 1.48 亿吨，连续 19 年稳居世界第二饲料大国。我国饲料产业的飞速发展，使之成为我国重要的国民经济支柱产业之一。

然而，我国饲料工业与世界同行业相比，差距还很大。无论是产业规模，还是经营管理水平都有一定的距离。目前，我国饲料加工企业高达 15000 多家，每个企业年平均实际产量仅为 4 万吨，与美国单个饲料加工企业的年平均生产规模达 400 万吨的高水平相比，我们竟相差 100 倍。在全球 25 强饲料加工企业中，我国仅有一家入围。我国产品同质化造成的恶性竞争，导致饲料企业越来越微利化，竞争日益激烈。而外国饲料企业先进的经营管理则决定了其具有强大的市场竞争力。

在饲料行业进入市场化、国际化的新阶段以后，机遇与风险并存，我国饲料企业参与到国际市场的激烈竞争中，市场的范围扩大，经营上的风险也相应地增加。因此，对我国饲料质量安全、饲料企业经营管理水平的要求也越来越高。但我国饲料企业经营在学术界的理论探讨远滞后于管理实践，应将现代科学管理与传统的饲料行业有机结合起来，将国外先进的管理理念带入到我国饲料行业中，逐步实现饲料管理科学化及现代化，推动我国饲料行业规范管理和饲料企业整体经营与管理素质的提高。

饲料产业的发展极大地推动了我国动物养殖业的发展，动物产品不仅能够满足国内消费的需要，而且由于饲料质量的提高，动物产品的质量也不断提高，增强了动物产品在国际上的竞争力，出口量逐步增加。饲料质量的好坏直接关系到动物养殖业的发展，关系到动物产品的质量和安全。近年来，由于经济利益的驱动，一些企业或个人在饲料的生产、经营和养殖等各个环节，违法添加违禁药物，违规添加药物或使用不合格的饲料原料，给动物养殖带来损失的同时，也给动物产品带来了质量和安全隐患。在国务院颁布实施了《饲料和饲料添加剂管理条例》后，农业部相继发布了一系列配套的法律法规和一系列措施，以规范饲料生产和保障饲料的质量和安全。

质量管理是饲料企业经营管理工作中的薄弱环节，亟须加强。饲料企业对质量管理工作方法的研究虽然仅是质量管理工作的一个环节，却是至关重要的环节，决定着企业质量管理工作的前景。质量管理体系的好坏体现了企业管理的优劣程度。从管理的基本原理和逻辑结构看，质量管理体系有效运行和持续改进是企业正常管理必不可少的一部分，如果没有质量管理体系，等于切断了组织管理通向更高层次的通道，其管理将会在固有水平上循环，最终导致体系僵化或失效而被市场淘汰。

饲料质量安全是关系食品安全的大事，是世界普遍关注的热点问题。饲料质量安全直接关系到消费者的安全，世界各国正普遍重视和关注饲料的科学性和安全性，特别是疯牛病的出现、抗生素的使用，给饲料工业和畜牧业的发展带来一系列的问题。美国、加拿大及欧盟等国家在饲料安全管理和饲料质量管理方面有着先进的管理经验和严格的法律法规。他们的饲料管理制度在全世界都有着广泛的影响。

本书正是通过了解外国的安全管理制度及饲料企业质量管理的先进经验，同时分析我国安全管理制度和饲料质量管理的现状，从中探讨保证饲料安全的对策，对促进我国饲料产品质量和安全水平的提高、保证我国饲料产业的健康发展、动物养殖生产的高效安全、保障人类及动物生存环境不受污染、动物产品的质量和安全、人体健康和社会安定、具有十分重要的意义。对提高我国饲料企业经营管理水平，促进中国饲料工业健康发展，特别是把我国由饲料大国建设成饲料强国也具有重要的意义。

1.2　国内外研究现状

目前，对于我国饲料质量安全管理和企业经营管理的研究，国内有一些相关的研究工作。这些研究通过对饲料行业未来发展趋势的分析、预测，以及对我国饲料企业质量管理现状和存在问题的分析，来探讨解决这些问题的对策。

杨茂东在《我国饲料企业的经营现状分析及对策研究》中指出我国饲料企业的经营管理现状是以企业导向为主的经营，而非顾客导向，且缺乏长远的战略管理目标，管理体制不健全、产品利润率下降、缺少竞争优势等（杨茂东，2005）；杨辉在《浅谈饲料企业质量管理体系长效机制的构筑》中指出了饲料企业构筑质量管理体系的必要性，建议构筑 ISO 质量管理体系的措施及方法等（杨辉，2007）；马涛在《饲料安全问题的紧迫性及对策》一文中指出了饲料安全问题的重要性，分析了饲料安全问题的现状及存在问题，提出了解决饲料安全问题的对策（马涛，2006）。

这些研究表明，近年来，国内饲料企业过度追求数量扩张，搞价格大战、赊销大战，忽略了饲料质量安全管理，导致市场混乱，质量平平，优势品种较少，产品出口质量不能满足外国技术法规而遭到退货的情况屡有发生，使国家和企业蒙受了巨大经济损失。造成了企业经营如履薄冰、设备资源闲置等现象。饲料企业各自为政，几乎是封闭式或散打式的管理，造成管理粗放，甚至落后。加入 WTO 后，更多的外国企业先进思想和观念导入，国际产业资本的进入，使饲料企业必须认真思索长期发展的战略，其管理思想和水平也会逐渐与国际接轨。

对于外国饲料行业的研究，大部分集中在研究其提高产品技术水平、建立企业文化、资本运作方式上，而忽视了外国饲料行业在饲料质量安全管理等方面的优势。

国外对于饲料质量安全管理方面的研究比较成熟，为各国饲料行业的质量管理工作提供了方式方法，如美国将食品行业中的 HACCP 体系认证引进饲料质量管理中，研究了 HACCP 认证体系在饲料行业中的应用与推广；美国食品药品管理局对新出现的饲料原料和添加剂的成分和有效特性进行大量的研究，在此基础上每年更新饲料清单；欧盟研究实施了 FAMI-QS 认证；欧盟从安全实践中不断进行研究，逐渐淘汰了饲料抗生素添加剂等，提高了行业竞争力。

因此本书将重点从这个方面将我国饲料质量安全管理与外国饲料质量安全管理进行比较，为使我国饲料企业更好地提高饲料产品质量、为饲料行业进一步加强质量安全监督提供理论依据。

1.3 研究的理论基础与方法

1.3.1 研究的理论基础

本研究以微观经济学理论、宏观经济学理论、制度经济学理论、农业政策理论、比较优势理论以及经济发展理论为理论基础，对我国和外国饲料质量安全管理、发展政策等进行系统、深入、全面地研究。

现代微观经济学的厂商理论是从供给方面研究生产者行为的理论。其目的在于研究厂商如何有效地组织生产，生产成本随投入品价格和产量变化的规律，以便为厂商生产最优化决策服务。局部均衡理论和一般均衡理论是现代微观经济学的两种分析方法。前者是指在决定一个市场的均衡价格和数量时，是在其他市场价格给定的前提下进行的，并假定该市场的活动对其他市场很少有或没有影响。与局部均衡分析不同，一般均衡分析同时决定所有市场的价格和数量，因而它把反馈效应考虑在内了，所谓反馈效应是由相关市场的价格和数量调整导致的某一个市场的价格或数量调整。在有关资源有效配置的研究中，理论上应该进行一般均衡分析，因为只有将多个产品或要素市场联系起来才能解决这个问题，但在实践中是存在一些特殊困难，因而多数一般均衡分析只限于 2～3 个紧密相关的市场。

生产经济学理论主要是研究生产项目的选择、生产过程中的资源配置以及技术和经济环境变化对资源配置的影响。生产什么、生产多少、如何优化生产过程中资源组合等问题是生产经济学所研究的中心问题。农业生产经济学是在农业领域应用生产经济学原理和研究方法的学科，它主要是应用择优原理研究农业部门中有关资金、劳力、土地和管理资源的利用问题。为了研究资源有效利用效率，它要研究在既定条件下，生产者与消费者怎样最大限度地实现各自的既定目标。

宏观经济学是研究总体经济情况，衡量整个经济活动，分析宏观经济政策所运用的这些活动的决定，预测未来的经济活动，并且力图提出旨在使预测与生产、就业和价格的目标值相一致的政策反应。

制度经济学属于实证科学的范畴并对经济政策作出贡献。制度经济学对下列问题具有政策取向的引论：政府的职能、私人选择和公共选择的相对优点，以及对机会主义的运用政治权力的行为施加控制的办法；为国内市场和国际贸易奠定基础的各种制度安排；在受政府管制却必须应付新竞争者挑战的成熟经济中所能实施的改革；发展中国家的现代化进程中，全球化对制度发展的影响。公共政策通常是在既定的制度约束中展开的，但它也可以靠努力改变制度的方式来实施。制度经济学认为规则体系在解释在发展中国家中进行的经济改革、在指令经济中发生的转变、新兴工业经济中的控制等问题上至关重要，而要想在这些问题上找到经得起考验的解决办法，关键在于制度创新。

农业政策理论主要研究政府为了实现一定的社会、经济和农业发展目标，对农业发展过程中的重要方面及环节所采取的一系列有计划的措施和行动。所谓农业政策方案的设计，就是在农业政策目标既定的条件下，寻求与组合达到目标的农业政策措施和手段。政策目标既是事前选取农业政策措施的标准，也是事后判断该农业政策措施作用效果如何的尺度。同样的，对农业政策背景的分析也至为重要。不同的政策背景条件下，农业政策目标体系往往不同，进而造成农业政策措施体系的不同。在农业政策的主要目标和附属目标确定之后，关键问题就在于寻找实现这些农业政策目标的手段和措施，因为实现某一农业政策目标可以有许多附属目标以及更多的措施手段。对这些措施的选择都有一个效率和效益问题，所有这些措施都会造成经济利益的转移甚至流失，如何使经济利益的转移效率最高，流失最少，所在成本最低，将是选择农业政策措施所要集中考虑的问题。要选择出能够保证农业政策目标迅速实现的政策措施，就必须考虑尽量多的农业政策手段，根据本国的各种社会政治经济具体情况，通过对各种政策措施手段的对比分析，来确定一组实现农业政策目标的措施。实现农业政策目标的手段和措施不是唯一的，对农业政策措施和手段的寻求过程，就是根据农业政策制定对象多种多样发展变化的可能性及其无限的展开方式而提出各种不同政策的过程。

比较优势理论脱胎于大卫李嘉图的比较成本学说，是传统国际贸易理论的基础。李嘉图认为，国际贸易的基础并不限于生产技术上的绝对差别，只要各国存在着生产技术上的相对差别，就会出现生产成本和产品价格的相对差别，从而使各国在不同的产品上具有比较优势，使国际分工和国际贸易成为可能。每个国家都集中生产并出口其具有"比较优势"的产品，进口其具有"比较劣势"的产品，从而获得"比较利益"。产品的比较优势来自于生产技术的相对差别。经济学家奥林和赫克谢尔的观点为，不同的商品需要不同的生产要素比例，而不同的国家拥有的生产要素比例是不同的。因此，各国在生产那些能够比较密集地利用其较富裕的生产要素的商品时，就必然会有比较利益产生。因此，每个国家应该出口能利用其充裕要素的那些商品，以换取那些需要比较密集地使用其稀缺生产要素的进口商品。

发展经济学通过对各种发展理论和战略、经济体制和可行性对策进行比较的方法，研究不发达条件下经济发展的过程和规律。发展经济学的研究对象为发展中国家的经济发展问题，其研究层次有国际层次：把发展中国家作为一个群体进行研究；国别层次：研究一个具体的国家经济发展问题；地区层次：在一个国家的内部不发达地区的经济发展问题。发展经济学的研究范围很广，它研究经济发展的影响因素：资源、资本、技术、市场、人力资本、国际关系；也研究经济发展的结构问题：农业结构、产业结构、工业化问题、农村城镇化、农民收入等问题；还研究经济发展的动力、战略和模式等。经济发展是在产出增加的基础上，一个国家经济结构的变化，包括投入结构、产业结构、消费结构、市场结构、政治结构等。即：经济发展＝经济增长＋结构变革。

1.3.2 研究方法

1.3.2.1 理论分析和实证研究方法

本书在搜集相关研究资料、文献的基础上，运用制度经济学、比较优势理论等理论的指导，通过对中国饲料行业和外国饲料行业质量安全管理方法的研究，进行相关资料的收集与整理，对中外饲料企业的质量管理模式进行梳理和分析，并在此基础上对其进行比较研究，最后为饲料质量安全的工作提出政策与建议。

1.3.2.2 宏观整体分析和微观分析相结合的方法

本书在研究国内外饲料产业整体发展趋势的基础上进行宏观整体分析，用微观分析法研究国内外饲料质量安全管理模式，在借鉴国外先进发展模式的基础上，联系我国饲料产业的具体实际，摸索出一套适合中国饲料质量安全管理的模式。

1.4 结构框架

本书的研究目标在于更加深入地研究和分析中国饲料质量安全管理现状，对比外国饲料质量安全管理和饲料企业的质量管理模式，从中总结经验，获得启示，以解决我国饲料质量安全管理中存在的问题，促进饲料企业更好的发展，提高饲料产品质量。从而使中国饲料企业更具市场竞争力，向更强更大迈进，中国饲料产业向健康发展。通过对中外饲料企业的比较研究，探索和开辟一条适合中国的饲料质量安全管理制度和适合饲料企业的饲料质量安全管理之路。

第二章

饲料质量安全管理的理论基础

2.1 饲料质量安全管理的内涵、范畴

2.1.1 饲料质量的内涵

质量是个既老又新的问题。不同学者，对质量有不同的论述。在不同时期，质量这个概念所包含的内容有所不同。按 ISO9000 族标准，对饲料质量进行以下理解。

2.1.1.1 国际标准对质量的定义

（1）质量的定义 2000 年国际标准化组织发布了 ISO9000：2000《质量管理体系——基础和术语》标准，将"质量"定义为"一组固有特性满足要求的程度"[1]。该定义更科学、更全面、更容易理解。

该质量定义中以"固有特性"限定了产品的质量范畴，更加明确了质量的概念。

定义中的"要求"指的是"明示的、通常隐含的或必须履行的需求或期望"。"明示的"可以理解为规定的要求，如在文件或标准中阐明的相关方或组织的要求或以合同等形式向顾客明确提出的要求，如饲料产品成分分析保证值等，要在产品标准及其标签中有明确的规定。"通常隐含的"是指组织、顾客和其他相关方的惯例或一般做法，所考虑的需求或期望是不言而喻的，如饲料的可饲性和饲料的安全性等。然而近年来由于饲料安全出现这样那样的问题，把本来是"隐含的"要求的"饲料卫生要求"已作为明示要求，在国家强制性标准 GB10648《饲料标签》中规定，在饲料标签上要标注：本产品符合《饲料卫生标准》。"必须履行的"要求是指法律法规的要求及强制性标准的要求，在产品的实现过程中必须执行的文件中指出的要求。我国发布的《饲料和饲料添加剂管理条例》及饲料添加剂和药物饲料添加剂等有关公告及国家发布的关于动物源性饲料使用规定等其他有关文件，都是在生产饲料产品时"必须履行的"。"满足要求的程度"是指将产品"固有特性"和"要求"相比较，根据产品"满足要求的程度"对其质量的优劣作出评价。由此可见该质量定义的客观性、合理性和科学性。

饲料生产过程中，同一种产品在不同的生产日期或同一生产日期不同的加工批次，由于原料的差异，加工均匀性差异等很多因素使产品的成分含量有所不同，每

---

[1] 《质量管理体系——基础和术语》，2000 年

批饲料产品成分都有其固有的特定指标，这种饲料固有的特定指标满足产品标准的要求的程度可以体现出该批饲料产品的质量，并且以此为根据来评定饲料好或差，在饲料产品检测中，只要满足要求就应该认为质量好。

（2）质量是广义的、动态的、相对的和可比的

① 质量的广义性　在质量管理体系所涉及的范畴内，对产品、过程或体系都可能提出要求，而产品、过程和体系又都具有各自的固有特性，因此质量不仅指产品质量，也可以指过程和体系的质量。对饲料产品而言，饲料产品的质量可以理解为饲料产品的"固有特性"满足顾客"要求"的程度，其固有特性不仅应满足动物的营养要求，而且应当满足对动物和人的安全性、动物产品风味和动物产品可利用部分比例等的要求。

② 产品的动态性　随着科学技术进步和市场经济发展，顾客的需求在不断变化，对饲料产品质量的要求也会发生相应的变化。因此，企业应适时准确地识别顾客要求，创新技术、更新设备、研发新产品，持续改进，不断满足顾客的需求。在饲料工业发展初期，人们对饲料产品质量主要注重在饲料报酬、关注料重比、料蛋比等指标；现在对饲料及动物产品的安全性、对动物产品的风味及可利用部分的比例越来越重视。可见，饲料产品的质量要求是动态的，会不断增加新的内涵。

③ 质量的相对性　由于地域差别，经济和技术发展程度不同，自然条件不同、顾客的饲养习惯不同，对饲料产品性能的要求也不同，因此不能对同一类型的产品按同一个标准生产，企业应根据市场需求的不同，提供适当的产品。

④ 质量的可比性　产品的性能等级高低和产品的质量好坏是完全不同的两个概念，性能等级高并不一定意味着质量好。例如电视机，一台彩电的质量可能很差，而一台黑白电视机的质量却很好；一个产蛋率为90%的蛋鸡饲料可能因某些方面未满足要求而质量很差，而产蛋率80%的蛋鸡饲料各项指标都满足要求，其质量是很好的。所以，在评价产品质量时，应把比较的对象放在同一"等级"的基础上。

2.1.1.2　饲料质量的内容

（1）营养质量　指饲料营养价值，与动物自身相关，包括氨基酸、可利用能、蛋白质、微量元素和维生素等营养质量，是动物发挥生产性能的保证。

（2）工艺质量　主要是指饲料的细度、颗粒饲料的粒度和硬度等指标特点。

（3）饲料安全质量　对动物、环境和动物产品消费者安全性，使其不会引发人类健康问题。

（4）情感质量　与道德和动物的行为学有关，如不使用动物源性原料，不使用人工色素和调味剂。

营养质量和工艺质量是动物发挥最佳生产性能的保证，饲料安全质量是饲料最基本最重要的条件，情感质量是人类对畜产品更高的追求。

2.1.1.3　对饲料质量的认识

饲料工业发展初期，人们主要是解决饲料产量的问题，以保证养殖业发展对饲

料的需求,从而保证满足人们对肉蛋奶等动物产品的需求。

随着工业化饲料生产的发展,饲料产量越来越大,为降低饲料成本节约饲料资源,社会对饲料产品质量越来越重视;精心设计饲料配方,注重使用饲料添加剂、降低料重比和降低饲料成本。

在饲料供应量满足后,动物性食品越来越丰富,进而人们越来越关注饲料的安全性及由其引发的动物性食品安全性和动物性食品的风味。由于不规范使用饲料添加剂等原因造成了对动物和人的健康和生命的严重危害,因此饲料产品不仅应在产品数量和营养质量方面满足畜牧业的需求,而且应满足饲料安全性以及对动物产品风味的需求。

由上可见,安全性是饲料产品质量要求的一部分,而且是对饲料产品质量的最重要最基本的要求。

2.1.2　饲料质量安全的含义及特性

所谓饲料质量安全,通常是指饲料产品中不含有对饲养动物健康造成实际危害的有毒、有害物质或因素,并且不会在养殖产品中残留、蓄积和转移;饲料产品以及养殖产品,不会危害人体健康或对人类的生存环境产生负面影响。

同其他产品的质量安全问题相比,饲料产品的质量安全问题有以下几点特殊性(宋洪远,2003年):

一是隐蔽性。由于技术手段的限制,一些饲料物质在使用时,不能充分地认识到它的危害性;利用常规的检测方法不能对一些物质的毒副作用进行有效鉴别,在一定时期内其影响程度也得不到科学的证明;而且一般情况下,人们并不能通过观察饲养动物及时发现饲料产品或物质的危害性。因此,人们往往并不知道养殖产品中进入了影响饲料安全的各种因素,这些危害因素通过养殖产品转移到人体内和环境中,对人类健康和社会生态环境造成危害。

二是长期性。虽然通过加强监督管理和提高安全意识,饲料产品中的不安全因素可以降低并会减小危害发生的程度和范围,但是不安全因素是长期存在的,在短时间内不可能完全消除;在饲料饲喂过程中,在养殖动物体内的有毒、有害物质会直接污染环境或在人体内蓄积,其所造成的影响也是长期的。

三是复杂性。饲料产品中不安全因素众多、复杂多变。有人为因素和非人为因素;有偶然因素,也有长期累积的结果。因此,在已有的问题逐步得到解决的同时,新的问题还在不断出现。饲料产品质量安全管理和法规建设不断加强,饲料质量显著提高。由于饲料质量不仅影响到畜禽的生产水平,而且影响到畜禽产品质量,同时人们对畜产品的品质日益重视,使对饲料的营养和卫生标准要求日益严格,再加上饲料产品质量安全直接关系到饲料企业的生存和发展,因而各国加强了对饲料产品的质量安全管理和法规建设,饲料企业也加强了自身的产品质量安全控制和认证工作。美国通过饲料法规对饲料质量安全进行管理,法规包括饲料成分、饲生产、销售和使用等方面的规定，尤其对饲料原料、饲料添加剂和饲料产品方面的规定非常严格。许多饲料企业根据出厂实行严格的质量控制，显著提高了产品质量。

2.1.3　饲料质量安全管理的范畴

饲料质量安全管理是一个系统的、复杂的工程。饲料企业只有经过充分不懈的努力，不断改善才可能达到饲料管理的最终目标即利润最大化前提下饲料产品质量的零缺陷。

饲料企业的质量安全管理包括 3 个层次：

第一个层次是产品核心质量的管理，产品的核心质量是指决定产品使用价值的部分，即决定饲料使用价值的方面。包括：饲料产品的营养水平，合理使用保护剂，防病促生长性能，使用的经济性，饲料的安全性，外观、气味和适口性及质量的稳定性等几个方面。①饲料产品的营养水平，要求营养平衡，适合所饲喂的动物品种；②使用和保管的方便性，要求合理使用保护剂，控制好含水量；③防病促生长性能，要求使用合理；④使用的经济性，要求成本低，转化率高，饲料的投入产出比低，经济效益好；⑤饲料的安全性，要求控制好农药、重金属等有毒有害物质的含量；⑥外观、气味和适口性，要求外观正常，无异味，适口性好；⑦质量的稳定性，要求长期保持以上特性的稳定。

第二个层次是产品形象质量的管理，产品的形象质量是指影响客户对饲料产品使用效果的感受方面。包括：饲料品牌，饲料价格，饲料包装，饲料标签、广告等宣传资料几个方面。①品牌，品牌能增加客户对产品的购买信心；②价格，价格作为质量的标签，始终给客户传递着质量的信息。若价格背离质量、背离市场或飘忽不定会对产品带来负面影响；③包装，包装是客户接触产品的第一印象。客户对产品质量的认同是从包装开始的；④标签、广告等宣传资料，它们携带的质量信息在客户的心目中不断地塑造产品的质量形象。宣传资料要求实事求是、简明扼要和特色鲜明。

第三个层次是产品的服务质量管理。产品的服务要求在售前、售中和售后 3 大环节与经销商、养殖户进行信息等多方面的沟通，指导客户科学合理地使用饲料产品，使产品的内涵质量得到充分的体现。

就饲料行业管理来说，质量安全管理包括 4 个方面的内容：

(1) 建立和宣传饲料法律法规和规章制度。

(2) 建立饲料标准化体系、饲料安全标准。

(3) 建立饲料质量检测体系和安全性检测技术。

(4) 管理和指导饲料企业。

2.1.4　影响饲料质量安全的主要因素

2.1.4.1　原料中的霉菌毒素

霉菌毒素是由霉菌产生的、能引起人或动物病理变化或生理变态的有毒代谢物。它不仅会引起厌食、恶心、呕吐、嗜睡、腹泻、出血、痉挛甚至死亡等急性中毒症状，还能诱发肝、肾、胃及神经系统等的慢性病变、癌变、畸变，最终导致死亡。例如，黄曲霉毒素是极强的天然致癌物质，世界卫生组织证明，在非洲和亚洲，肝癌的高发与黄曲霉污染食物明显相关。由于豆粕、麦麸、骨粉、鱼粉等饲料原料中含有较多的蛋白质、脂肪、淀粉等有机物，因此极易滋生微生物并产生毒素，进而危害人、畜的健康。

2.1.4.2 有害化学物质的污染

随着我国工业化进程的加快，环境污染也日趋突出。由于废渣、废水、废气的违规排放，导致污染地区水源、土壤和大气中铅、砷、汞、铬、氮等无机污染物以及 N-硝基化合物、多环芳烃类化合物、多氯联苯、二噁英等有机污染物含量严重超标。而这些有毒有害物质又会通过在植物性饲料原料中的富集，或通过饲料加工、流通过程中的直接或间接污染，导致饲料产品因含有该类物质而影响其安全性。

2.1.4.3 饲料添加剂的超量使用

饲料添加剂通常分为营养性饲料添加剂和一般添加剂。营养性饲料添加剂起着改善和平衡饲料营养以及增加吸收率的作用；一般添加剂有防止腐烂变质的防霉、防腐剂及促进生长、增加抵抗能力的抗生素等。据美国时代周刊披露，美国农场每年为饲养牲畜投入的抗生素量接近全美国年产量的一半。美国明尼苏达、亚特兰大等联邦疾病控制中心的流行病学家发现，对抗生素有抗药性的细菌使很多人患了胃肠疾病，人若长期使用含抗生素的畜产品，可引起消化道原有菌群失调，破坏体内的抗体。

2.1.4.4 违禁药物的擅自加入

目前，饲料中添加的违禁药物主要包括激素类药物，如盐酸克伦特罗、雌激素、碘化铬蛋白等；镇静类药物，如安眠酮、安定等；抗生素类药物，如磺胺、青霉素等。这些药物对人、畜的安全威胁极大。例如，盐酸克伦特罗（瘦肉精）能够引起心动过速、肌肉震颤、肌肉酸痛、恶心、头晕目眩、失眠等一般临床症状，用含瘦肉精的饲料喂养家兔会发生严重的四肢瘫痪症，最终消瘦、衰竭而死。

2.2 饲料质量安全管理工作的关键环节

2.2.1 饲料企业的质量安全管理工作的关键环节

饲料质量安全管理是一个复杂的过程，它包括诸多环节，任何一个环节出现疏忽都会影响饲料产品的质量安全。饲料质量安全管理工作有其自身的规律性。

2.2.1.1 饲料原料的质量管理

饲料原料质量是饲料企业产品的根源，在饲料生产中，饲料产品营养成分及质量差异在极大程度上取决于所采用的原料品质。低品质的原料不仅使产品的质量降低，而且还会影响畜禽的生产性能，最终削弱其在市场上的竞争力。为此要使产品具有竞争力必须做到质量控制。

一个好的饲料配方方案能否表现出好的饲养效果，取决于饲料原料能否按照饲料配方设计的要求进行采购和使用。原料的质量管理应该对两方面进行管理，一是对饲料原料供应商进行管理。供应商应当相对稳定，选择可靠的供应商建立相对稳定的长期合作关系，对原材料生产厂家的生产设备、生产规模、加工工艺、质量信誉等方面的情况进行详细考察。二是对采购过程进行管理和控制。在采购过程中，每批饲料原料必须在营养成分、色泽、外观和气味等方面保持稳定；采购时不以牺牲质量成本作代价去追求低价格；坚持先检验后接收，不合格的原材料必须退货。

常用的饲料原料有几十种之多，每种原料又因产地、品种、加工、储藏方法等不同而变异较大，饲料厂如何选择优良、稳定、价格合理的原料因此而变得复杂和重要。要实施原料质量控制就要在原料的采购和验收上制定一定的标准，使每种原料的详细说明能满足所规定的原料规格标准。具体可参照农业部颁发的饲料原料营养价值表或行业标准、企业标准，因地制宜。在每种原料标准中，应列出所规定的物理性状（外观、气味、容重、异物、酶变等）和化学性状（水分、粗蛋白质、粗脂肪、粗纤维、粗灰分、黄曲酶毒素等）、包装和储藏条件以及拒收理由等指标。饲料标准的制定需要很强的技术性，制定者要通晓饲料原料及畜禽营养学知识，知道哪些项目有弹性，哪些无任何余地，哪些成分必检，哪些可以忽略等。每一关都至关重要，标准制定后必须保持标准的严肃性，不可随意更改。

必须加强岗位管理，强化人员素质，把重视原料质量看成是企业的生命。采购和验收人员必须对原料的质量性能和质量标准有充分了解和掌握，这样才能合理采购，保证原料的质量。在保证质量的前提下尽量选用成本低、运输和储存费用相对较少的原料。且要了解原料的库存，仓储和用量情况，防止各种原料积压和产、供脱节或停产。控制采购渠道。选择优良的供应商，采购渠道一经确立，不宜多变，以便使原料质量相对稳定，选定信誉好、质量优的大型原料企业，建立长期业务往来。签定质量保证协议，与原料供应商签定详细的质量保证协议，主要包括原料名称、产地、规格、等级、运输过程中的质量保证手段、原料质量的检测方式及检测结果的认可标准、质量事故的处理等。

2.2.1.2　饲料产品生产过程的质量管理

饲料企业的生产过程的质量管理是饲料企业质量管理的核心。饲料企业首先要培养全员的质量意识以达到质量管理的目的。产品质量是基于每一位员工做好工作的基础上的，人是产品质量最重要的决定因素。因此，在生产过程中的每一个生产岗位、每一个员工都要对质量负责。另外，饲料企业在生产过程设立关键控制点，重点监测。再次，是加强对特殊的生产过程进行监控，加强对饲料生产现场的检查监督。

按 ISO 9001 标准开展生产过程的质量管理工作。ISO 9001 质量管理体系的核心是具备可追溯性与持续改善。作为主持质量管理体系日常运行的品管部门要将这两个要求转化为日常工作而加以实施。从原料到成品、从仓储到加工的每一环节、每一细节的质量数据随时可查，具备可追溯能力。可以借助危机预防与处理的方法来检验体系是否具备了这一要求，一般常用的方法是正向追踪与逆向追查。正向追踪的方法是追查原料的使用过程。举例来说，打开原料接收档案，发现一个月前购买了一批豆粕，目前该批豆粕已经使用完毕，可以按下述程序对该批豆粕的使用进行追查，以检验质量管理体系是否在正常运行。第1步，原料数据检验，包括：该批豆粕是什么时间进厂的，卸在了原料库的什么地方，货位号是多少，送检样品是什么时候送去化验室的，检验结果是什么时候出来的，原料保管接到使用通知是什么时间等；第2步，生产过程数据检验，包括：生产车间是什么时候开始使用这批原料的，这批原料都用到了哪些产品中，这些产品分别生产了多少，各自的化验结果怎样，分别被码放在了成品库的哪几个货位等；第3步，成品数据检验，包括：由这批豆粕做成的产品是什么时间出库的，都分别发给了哪些用户，用户的反馈情况怎样、有无质量投诉等。如果说，这个追查过程的每一项数据都有据可查，那说明质量管理体系是在健康地运行，如果有哪一项数据缺失，就说明相关的质量管理流程存在缺陷，需要改善。如果按照逆向追查，就要从成品开始，在处理质量投诉或质量事故时，常常采用这一方法。同样，当生产工艺出现危机时，也可以按上述方法进行追查与归纳研究。ISO 9001质量管理体系的另一个应用就是预防分析，即对新工艺、新原料、新配方、新流程、新员工、新信息、新环境等可能对产品质量造成影响的因素进行预防分析，进而提出改善措施保持产品质量的稳定。这是一个系统工程，需要多部门的协作才能完成。目前，许多饲料企业在此方面工作有待提升。

生产过程中的质量管理是饲料企业产品质量管理的难点，与生产过程相关的任意工段与岗位都有其独特的质量管理内容，生产现场的人机、料、法、环无一不在影响着形成过程中的产品质量，其中有一个控制点没有做好，其余所有工段与岗位的工作就会全部失去意义与价值，要想实现这个纷繁复杂的质量控制过程，不仅要制定完善的规章制度与切实可行的管理措施，还要打造生产员工与品质管理人员的执行力。

2.2.1.3 饲料外观和包装的质量控制

用户能直接感知的产品质量是饲料的外观和包装，有些新的客户把它们作为判定产品质量的唯一标准，直接影响他的购买行为。饲料的外观形状包括饲料的粒长、粒径、色泽、气味和均匀度等方面。饲料原材料、饲料配方和生产工艺的高度配合才能做到保持饲料外观性状的一致性。饲料企业产品的包装袋要求结实耐用、色泽鲜明、设计简洁并且大小规格一致。

2.2.1.4 饲料销售的售前、售中和售后服务的质量管理

应对瞬息万变的饲料销售市场，质量管理不单是营养师的事情，不能脱离市场

的销售去谈质量，也不能脱离质量去谈市场销售，两者应该紧密结合。销售是建立在质量保证的基础上；质量控制应该紧贴市场需求。此外，在销售的整个过程中，销售员向客户推介产品时要简明扼要；客户到厂开单提货时要热情接待、微笑服务；在指导客户使用产品时要做到合理科学；在售后服务中，及时处理问题、技术服务周到。

2.2.2.2 饲料管理部门的质量安全管理工作的关键环节

2.2.2.2.1 统一思想，充分认识饲料质量安全管理的重要性、紧迫性和长期性

近几年，饲料行业克服了饲料原料价格波动和生产成本上升等的不利影响，取得了饲料产量稳定增长。饲料产品总体合格率不断提升，违法添加违禁药物的现象得到了有效控制。近年来，由于畜牧业产品价格波动很大，增加了养殖成本，以及一些重大动物疫情和质量安全事故的发生，导致一些养殖场户亏损，直接影响了农民养殖的积极性。同时我国饲料工业也面临着许多困难和挑战：很难在持续高速发展的基础上保持产量增长，也很难在市场需求不足的情况下保持价格和合理盈利水平，同样的保障质量安全也很难。要把提高质量变成企业职工的自觉行动，就必须依靠完善的激励机制。如果奖惩制度能够切实地将质量与工资挂钩，质量与奖金挂钩，质量与技术职称、行政职务晋级挂钩等，就能充分调动管理、技术和操作人员在过程监控中的积极性，有助确保产品的质量。由此可见，饲料质量管理工作是一项重要的、紧迫的、长期的工作。

2.2.2.2.2 制定饲料质量安全标准，规范饲料行业，建立质量安全工作长效机制

深入研究饲料质量安全管理问题，建立完善饲料管理法律法规体系；加大饲料质量安全监测工作投入，加强饲料质量安全监管队伍建设，提高监管能力和水平。广泛开展饲料质量安全风险评估、检测标准制定等工作，建立饲料质量安全预警机制，增强提高应对突发事件的反应能力。随着系统内外条件的变化和事物的发展，企业对问题的认识也在不断深化，目标确定及战略实施将有所更新和完善。针对管理上的复杂性和多变的特点，企业应重视收集和分析信息，注意反馈，随时进行调节，保持充分弹性，构成连续封闭的管理回路，对质量管理体系进行改进或创新。总的来说，质量管理体系的建设对于饲料企业而言不应该只是一个框架，或只是一种制度，而是饲料企业发展的一种思路，是饲料企业服务质量获得控制和改进的基础，是饲料企业开创品牌、开拓市场的支撑。在市场走向规范的趋势下，具有良好管理体系和组织文化的饲料企业才能够越走越强。

2.2.2.2.3 督促饲料企业依法生产、加强监管，确保饲料质量安全

饲料安全的概念将不再单指违禁药物的添加、瘦肉精的使用等，安全的概念将纳入整个社会发展的安全体系中：首先饲料必须保证入口畜产品的安全，反映在饲料应用上，就是使用后，不会产生残留，不会对人体造成危害；其次保证社会环境的安全，主要指不会污染环境；最后对动物本身来说要安全，即要营养全面。在这

一安全要求的大背景下，企业一定要严格遵照法律法规生产，加大饲料科技、科研投入，做好原料安全检测。顺应形势发展，安全、绿色、环保饲料将会获得大的发展空间，具有长远的发展前景。

饲料管理部门应要求各饲料生产企业完善各种软硬件设施，提高从业人员素质，在企业内部生产过程中，落实各种法规政策；要求各饲料生产企业把好原料购入关和饲料产品生产关，杜绝在饲料中添加三聚氰胺、瘦肉精、苏丹红等国家明令禁止添加的药物和有害物质，杜绝兽药的直接添加，杜绝各种其他违法生产经营活动，做好饲料生产企业审查合格证的申报、生产情况备案和数据上报。

2.2.2.4　加大执法力度，切实做好饲料质量安全管理工作

畜牧饲料管理部门要以保安全促发展为总目标，以抓法制监管、抓源头、抓基础为手段，以规范饲料企业生产经营、查处在饲料中添加和使用违禁药物和非法添加物为重点，强化饲料质量安全日常监管，提高饲料基础支撑能力，有效防范重大饲料质量安全事件发生，确保饲料质量水平稳定提高，全面推进畜禽养殖。

饲料及饲料添加剂质量安全监测是最终衡量饲料质量合格与否的有效手段，每年中央、省、市饲料管理部门都要下达饲料质量安全监测计划任务，内容包括全国统检、省级监测计划任务及市级下达的监测任务，要根据相关文件要求，要重点抽取生产企业的饲料产品，饲料质量安全监测要尽量反映全部饲料产品，监测三聚氰胺要重点抽取饲料原料特别是蛋白原料样检测，监测瘦肉精要重点抽取生长育肥猪的浓缩饲料和配合饲料样检测。对每年进行的饲料抽样和检测结果要进行详细的登记，对多次抽检不合格和涉嫌制售假劣产品的企业要进行重点监控，发现问题要从严从重从快处理，依法曝光违法企业和产品。

2.3　饲料质量安全管理的重要地位

2.3.1　饲料质量安全与畜产品安全及人类健康息息相关

目前，来自于饲养动物的动物性食品是人类所需动物性食品的主要来源，而饲料又是饲养动物的基本食料。在饲料—饲养动物—人类这条以食物营养为中心的食物链上，饲料这一营养级是最基础、最重要的一环。通过生物的富集作用，饲料中的某些化学成分将会在人体内逐渐积累，成为影响人类健康的重要因素。近年来，我国每年报告的食物中毒事件约为2万～4万例，其中有相当一部分是因为食用了不安全的动物性食品所致。由此可见，只有保证饲料的安全性，才能保证我们人类自身的健康和安全。

随着经济的发展以及人们生活水平的提高，安全卫生、无公害的畜产品将会备受消费者的青睐，动物性食品拥有更好的品质和更高的安全性也是大势之所向。动物饲料与畜产品的关系非常密切，前者直接关系到后者品质的好坏，畜产品质量的好坏又直接关系到人类身体健康。动物饲料转为供给人类食用的畜产品，即形成了

动物饲料—畜产品—人类食品这样一个食物链，动物饲料的安全性直接关系到人们的健康和生命安全。因此，饲料质量安全管理对畜产品安全乃至人类健康都有着重大的影响。因此，进一步加强饲料质量安全管理工作，不仅对保障饲料和养殖产品质量安全、维护城乡居民消费安全和身体健康具有十分重要的现实意义，而且对保持消费信心、促进养殖业和饲料工业稳定发展发挥积极作用。

2.3.2 质量是企业的生命，质量意识是企业的灵魂

质量是企业的生命，质量意识是企业的灵魂 ❶。建立质量安全管理要以顾客的需求为目标，动员全体员工，在全过程中实施质量、成本、交付、服务等系统的管理，降低质量成本、优化成本控制，提高质量效益。

质量安全管理是饲料企业经营管理工作中的薄弱环节，亟须加强。饲料企业对质量安全管理工作方法的研究虽然仅是质量安全管理工作的一个环节，却是至关重要的环节。决定着企业质量安全管理工作的前景，这是一项长期的工作。

质量安全管理体系的好坏体现了企业管理的优劣程度。从管理的基本原理和逻辑结构看，质量安全管理体系有效运行和持续改进是企业正常管理的一部分，如果没有质量安全管理体系，组织管理不会更高层次前进，最终导致体系僵化或失效而被市场淘汰。

目前，我国部分中小型企业质量管理意识不强，没有科学的、完善的质量安全管理制度和必要的质量控制和检验设施条件，对进厂的原料和出厂的产品质量缺少监控手段，对饲料卫生指标没有采取措施进行有效的控制，饲料质量不尽人意。因此，管理体制、管理水平的落后严重制约了饲料企业产品质量的提高。

2.3.3 提高饲料产品质量是饲料工业全行业的大事情

对于饲料质量安全问题，各级政府已予以高度重视，邓小平同志曾指示"要搞饲料工业，这也是一个行业"，"全国都要注意搞饲料加工，要搞几百个现代化的饲料加工厂，饲料要作为工业来办，这是个很大的行业"，温家宝同志做过"不断加大监管力度"的指示。这些国家领导人的指示说明了提高饲料产品质量不仅仅只是饲料生产企业一家的事，而是饲料各相关环节共同的大事情，必须全行业予以关注，放在工作的首位，以便向社会提供优质的饲料和动物产品。

大多数饲料企业都能自觉加强自身建设，加大自身对饲料安全的监控力度，并积极响应饲料安全宣言"安全行动健康中国人"、"三个一"安全食品工程等活动，在行业和全社会形成了明显的饲料安全氛围。提高饲料质量安全已经是饲料工业全行业的大事情。

---

❶ 刘政，1998 年。

第三章

中外饲料产业发展概况和饲料质量安全问题现状

3.1 世界饲料产业发展概况及饲料质量安全问题现状

3.1.1 世界饲料产业发展概况

世界发达国家饲料产业的发展经历了四个阶段，研究这四个阶段的不同特点有助于我国借鉴发达国家和地区的经验，认识和把握我国饲料产业未来的发展方向，指导我国饲料质量安全管理方式方法。

3.1.1.1 饲料产业萌芽阶段

饲料工业处于萌芽状态，饲料生产经营的主要形式是自产自用。这时的饲料生产长期依附于种植业，饲料总量不足。以粗饲料为主，精饲料较少，饲料营养水平不能满足畜禽生产的营养需要。

由于农业生产落后、种植业产出水平较低，谷物产量除满足口粮基本需求外，同时还要满足大量农用牲畜的需要，客观上不可能有大量剩余谷物用作饲料，因而发展食用畜禽所必需的精料较少，这必然导致饲料结构的粗料型，以及食用畜禽发展缓慢。此外，为充分利用有限的饲料，提高其转化效率，产生了初级形式的饲料作坊，即将各种饲料原料通风干燥后，经简单粉碎加工提高饲料的适口性和消化性。由于加工程序简单，许多农户利用自产原料，自己加工或请人代加工后，用于饲喂自养的畜禽，但营养价值不能满足畜禽生产的营养要求，畜禽生产能力低，并因营养不良而死亡的现象经常发生，尤其是冬春季节更是如此。为了改变这种状况，满足畜禽的营养需要，简单的混合饲料开始应用于畜牧业生产，并设法由工厂来生产这种饲料。

3.1.1.2 饲料产业新兴阶段

在这个阶段饲料总量增多，精料比重加大，世界饲料工业快速成长，饲料生产经营初步形成专业化经营，饲料业成为相对独立的产业，饲料的生产营养水平显著提高。

第一，饲料总量增多，精料比重加大。农业机械的广泛应用逐步替代了农用牲畜，从而节约出大量饲料。同时，农业生产技术的进步使种植业生产水平大幅度提高，谷物在满足口粮需要后，还有大量剩余可作饲料。美国 1910～1950 年各种农产品单位面积产量的增长幅度为：小麦 20.1%、玉米 51.5%、饲草 24.3%。饲料谷物满足本国需要后，还有剩余可供出口。日本 1960～1970 年各种饲料作物的产量分别有所提高：青割玉米 87.1%、青割燕麦 170% 倍、牧草 440% 倍。但日本由于耕地资源有限，饲料产量难以满足畜牧业迅速发展的需要，必须进口饲料，而经济实力增强使其有能力进口饲料，日本 1960～1970 年精饲料进口量由 189.8 万吨增加到 926.6 万吨，增长了 3～9 倍，饲料进口量占总供给量的比重由 12.6% 上升到 62.2%。可见，资源条件不同的国家，可以通过不同的方式，即增加产量或进口共同实现饲料总量增加的目标，为畜牧业的发展奠定饲料基础。

饲料谷物产量的增加以及耗粮型中小畜禽的发展，使精料在饲料总量中的比重加大。以日本为例，1960～1975 年精料所占比重由 53.8% 上升到 74.7%，而粗料比重则由 46.2% 下降到 25.3%。

第二，饲料工业快速成长，但产品结构比较单一。由于工业化程度加深以及日益渗入饲料行业，使饲料机械制造业、加工业不断发展，同时由于发展食用畜牧业的需要，对饲料品质提出了更高要求，促使饲料工业快速成长。美国 1950 年配合饲料产量已达 2600 万吨。日本 1960～1970 年配合饲料产量由 243.3 万吨增加到 1499.7 万吨，增长了 5.2 倍。

但饲料产品的分布相对集中，结构比较单一。如禽料所占比重较大，美国的禽料比重达到一半以上，日本 1960 年为 78.8%，1970 年为 56.3%，说明禽料是各国和地区饲料工业快速成长的支柱产品。同时，适应畜禽饲养结构的差异，各国相应还有其他支柱产品，如日本的猪饲料也占相当大的比重。各国饲料工业首先发展的重点都是猪禽料，原因是猪禽的饲料转化效率较高，容易实现集约化饲养，经济效益显著，从而带动了猪禽配合饲料的发展。

第三，饲料生产经营逐步专业化。由于农户饲养规模不断扩大，饲料加工工艺也日趋复杂，饲养畜禽所需的饲料难以完全依靠自身解决，因而饲料生产逐步从农户饲养中分离出来，由专门的饲料企业进行生产和加工。同时，饲料产品也由经销商分送到各饲养户，逐步形成饲料生产经营的专业化。

饲料总量的增加以及生产经营的日趋专业化，使饲料业逐步成为相对独立的产业。饲料的营养构成逐步完善，使畜禽生产的营养水平有了明显提高。

3.1.1.3 饲料产业成长阶段

世界饲料总量继续增长，饲料工业全面发展，产品结构多样化，饲料产品的质量安全管理和法律法规建设得到加强，饲料质量明显提高，饲料生产经营逐步走向产销结合。

第一，饲料总量继续增长。美国由于科学技术的进步，种植业生产水平进一步提高，为畜牧业发展提供了更加充裕的饲料，同时，也有更多的饲料可供出口。1950～1970 年，主要饲料作物的单产大幅度增加：玉米达 103.0%、饲草为 48.3%。以饲料为主的谷物出口量 1970 年达到 4039.2 万吨，比 1961 年增长了

27.5%。日本由于在饲料谷物生产上缺乏比较优势，再加上进口管制放松，使国内的饲料产量下降。但经济实力的不断增强，使其有能力进口更多的饲料，以满足畜牧业快速发展的需要。日本1980年，精饲料进口量增加到1498.6万吨，比1970年增长了61.7%，进口饲料占饲料总供给量的比重也上升到71.8%。

第二，饲料工业全面发展，产品结构多样化。科学技术的进步以及饲料产业逐步专业化，使饲料工业日益发展成为集资源、机械设备制造、加工、质检、计量、包装等为一体的系统工业，同时，工业饲料产量不断增长。美国1970年配合饲料产量已增至6000万吨，比1950年增长了13倍。日本1980年配合饲料产量达2213.8万吨，比1970年增长47.6%。

此外，饲料产品的分布开始分散，结构趋于多样化。1970～1980年日本家禽饲料的比重由56.3%降至48.3%，而猪饲料比重则由26.2%升至28.9%，肉牛饲料比重由5.8%升到12.3%。饲料结构不再是猪禽饲料一统天下，奶牛饲料、肉牛饲料崛起。美国1970年，奶牛饲料和肉牛饲料的比重已分别升至21%和17%。日本1980年奶牛饲料和肉牛饲料比重分别达10.5%和12.3%。从产品形态上看，除传统的粉料外，还开发出颗粒饲料、膨化饲料、条形饲料等适应不同畜禽采食特点的饲料。

第三，饲料产品质量管理和法规建设不断加强，饲料质量显著提高。由于饲料质量不仅影响到畜禽的生产水平，而且影响到畜禽产品质量，同时人们对畜产品的品质日益重视，使对饲料的营养和卫生标准要求日益严格，再加上饲料产品质量直接关系到饲料企业的生存和发展，因而各国加强了对饲料产品的质量管理和法规建设，饲料企业也加强了自身的产品质量控制和认证工作。美国通过饲料法规对饲料质量进行管理，法规包括饲料成分、饲料生产、销售和使用等方面的规定，尤其对饲料原料、饲料添加剂和配合饲料产品方面的规定非常严格。许多饲料企业根据出厂实行严格的质量控制，显著提高了产品质量。

第四，饲料生产经营逐步走向产销结合。由于饲料企业的生产规模不断扩大，而市场竞争又日趋加剧，为降低经营成本，直接掌握市场信息，许多饲料企业逐步转向直接向饲养户供应饲料，不经批发零售商，实行产销结合，从而有效降低流通费用，减少信息时滞和不对称带来的经济损失。

3.1.1.4 饲料产业成熟阶段

饲料总量增长变慢，饲料工业产品结构调整，产品科技含量加大，饲料生产经营与饲养趋于一体化，同时，政府对饲料加工企业对环境的污染和饲料产品中有害物质的残留量提出了严格的控制标准及处罚办法。

第一，饲料总量增长减缓，副产品饲料再度兴起。由于畜产品消费增长趋缓，引致对饲料的需求增长下降，导致饲料总量增长减缓。日本1980～1991年饲料供应量的年均增长速度降到1.2%，比上一阶段下降2%，精饲料进口增长速度也降到1.2%，较上一阶段降低3.3%。美国在20世纪70年代以后，由于谷物和肉类出口不断增长，使饲料总产量保持了一定的增长速度。

　　由于畜产品市场饱和，导致饲养利润下降，为降低饲料成本，许多饲养户重新重视副产品饲喂，而饲料加工技术的改进，使许多副产品粗饲料的可消化率不断提高，满足了饲养户新的需求取向。

　　第二，饲料工业产品结构调整，科技含量加大。动物营养科学和饲料加工技术的进步，以及电脑配方和自动化管理的引入，使饲料工业的产品结构不断进行调整，科技含量加大。具体表现为：尽管配合饲料的增长速度减缓，但技术含量较高的浓缩料、预混料增长迅速。美国 1975～1984 年，预混料产量由 50 万吨增加到 130 万吨，增长了 1.6 倍，年均增长速度达 11.2%，而同期配合饲料产量的年均增速只有 3.2%；1990 年浓缩料和预混料已占工业饲料总量的 20%。

　　与此同时，不同畜禽饲料的比重继续进行调整。美国 1970～1990 年，猪饲料比重由 16% 下降至 13.6%，肉牛饲料比重由 17% 上升到 17.5%，主要原因是饲养方式改变，如养猪户购进浓缩料、预混料，自己配制饲料的比重增加，而肉牛则是由于放牧数量减少，舍饲增加，从而对肉牛饲料的需求增加。日本 1980～1991 年，牛饲料比重由 22.8% 上升到 26.9%，禽蛋饲料比重则由 33.2% 降至 29.2%。原因是肉牛和奶牛发展较快，并使用越来越多的配合饲料，而蛋鸡增长则非常缓慢。但在总体上，不同国家和地区的禽饲料比重仍维持在 40% 以上，美国 1991 年为 45.4%，日本 1991 年为 45.4%。然而，禽饲料内部的发展则不平衡，肉鸡饲料、火鸡饲料发展较快，而蛋鸡饲料则基本稳定。

　　我国台湾省的饲料产业真正走向成熟是从 20 世纪 70 年代开始的。总体上看，饲料厂由小到大，质量水平由低到高的发展过程较短，产业成长迅速，原料主要靠进口，结构适合台湾地区特点。水产养殖在台湾省开始较早，技术较发达，鱼虾饲料从研究、生产、质量均处于国际领先水平，水产饲料 1981 年仅 9 万吨，1986 年 34.2 万吨，1997 年 53 万吨，十年增长 18.8 万吨，分别占饲料总产量的 5.3% 和 6.3%。1996 年饲料品种百分比为：猪料 45.7%、禽料 45.9%、水产料 5.4%、其他料 3%。产品科技水平较高，大中型企业都采用和通过了 ISO9002 认证，猪、鸡饲料标准严格规定了蛋白质和氨基酸的含量标准。大集团的企业均有严格的标准化体系，全部实现了 GMP 管理。蛋料比为（1.9～2.0）：1，肉鸡料比为（1.85～1.95）：1。设备和工艺先进，占土地力求最小化。台湾省人多地少，土地是寸土寸金，大多数企业的规划是立体式的，密度很高，但工艺线路非常合理。

　　第三，饲料生产经营与饲养趋于一体化。畜产品需求增长减缓和市场竞争加剧，使饲养户和饲料企业不得不进一步降低经营成本，以维持必要的经营利润。于是，许多饲养户直接向专业饲料厂家购买浓缩料、预混料，利用自产原料和加工设备配制全价饲料饲喂畜禽，以有效地降低饲养成本。同时，许多饲料企业则通过建立自己的饲养场，实行饲料、饲养一体化经营，增强竞争力，提高经营效益。饲料生产经营和饲养趋于一体化成为饲料产业发展的重要趋势。泰国饲料业在这方面成绩非常显著。

台湾省近几年培育了综合性现代化大型集团企业，从饲料加工、养殖、屠宰、食品加工以至于销售网络实行一体化经营。经历了亚洲经济危机，充分体现了大集团适应市场竞争的优势。

第四，政府对饲料加工企业的环境污染和产品中有害物质的残留量提出了严格的控制措施和处罚办法。饲料加工企业带来的噪声、粉尘、原料及产品变质污染，严重破坏环境，引起公众的强烈不满。美国政府为此制定了相应的环境保护措施，严格控制饲料厂的粉尘、噪声、废弃变质饲料污染和动物排泄物中的氮、磷含量。此外，对畜产品中的药物、重金属和某些添加剂的残留量有明确规定和严格限制，残留物超标便会受到法律处罚。我国台湾省饲料管理法规和标准健全，饲料管理法于1973年1月颁发后，经1986年修订推动了依法管理；饲料添加剂使用准则于1988年实施，经历3次修订，既注重动物安全，更重视人的食品安全。饲料检验法自1969年6月颁发以来经历了十几次修订完善，几乎两年修订一次。对饲料卫生标准和药物添加剂实行严格管理和审批，先后颁发了"饲料工厂设厂标准"、"家禽、水产动物用配合饲料国家标准"、"饲料级植物性、动物性、辅助饲料类国家标准"、"饲料或饲料添加剂制造、输入、输出申请书表格及有关书证规格范例"、"饲料、饲料添加物制造、输入、输出登记流程图"等。台湾地区饲料产业的发展过程中一直注重环境保护，培养企业的环境意识，污水处理工程投入了大量的资金，取得了良好的生态环境效益。

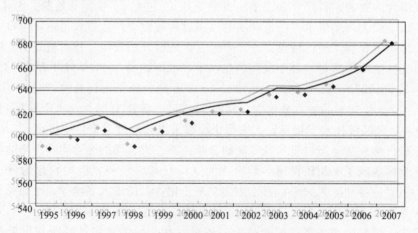

图 3-1 1995~2007 年世界饲料产量变化（单位：百万吨）

资料来源：FAO（2007）。

随着世界人口规模的变化及人们生活水平的提高，全球经济的持续发展将促使人们扩大畜牧业的生产规模，全球饲料业也将随之增加生产规模。

据《国际饲料》的数据显示，全球大型、综合性饲料企业 2007 年的饲料总产量出现了明显的增长。尽管原料价格持续飙升、动物疫病不断发生，这些因素阻碍饲料总产量的增长，但是全球工业饲料 2007 年总产量的涨幅超过了 3.5%。

图 3-1 表明了 1995～2007 年世界饲料产量的变化趋势，2007 年世界饲料产量达到了 6.8 亿吨。图中的数据说明，在过去的十年中，世界饲料总量增长了 14%，自 2000 年以来，世界饲料总量增长了 11%。

表 3-1 中显示了 2007 年饲料产量排名前 10 位的国家和地区（其中欧盟有 27 个成员国）。这 10 个国家和地区的饲料总产量达到了 5.93 亿吨，占世界饲料总产量的 87.2%。

表 3-1　2007 年饲料产量排名前 10 位的国家（欧盟作为一个整体）

国家	产量/万吨	国家	产量/万吨
美国	15270	日本	2470
欧盟	14660	加拿大	2260
中国	12300	俄罗斯	1830
巴西	5360	韩国	1570
墨西哥	2520	泰国	1030

资料来源：FAO (2007)。

目前一些发达国家都在建立各种专业化的饲料加工厂和饲料生产线，这种趋势主要发生在西欧市场、北美市场和其他成熟的市场。发达国家对这种趋势尤为重视，因为其对饲料原料的选择、制造过程、环境的影响和有关食品的安全具有重要的意义。世界上饲料产业最新的发展趋势是生产商品饲料的企业所有权的联合，以及饲料生产的企业与畜牧养殖企业的联手开拓市场。

美国饲料工业的发展已有 100 多年的悠久历史，其饲料年总产量长期位居全球首位，美国饲料工业 2007 年总产量为 1.527 亿吨。

美国饲料业的最大特点是饲料生产企业多数与养殖企业是结合在一起的。如 2007 年全美饲料产量 1.527 亿吨，其中饲料企业和畜牧企业合二为一的企业集团生产了 1 亿吨产量，占生产总量的 65%。产业链联合企业生产的饲料产量逐年增加，商业性饲料的产量在逐年下降。目前，美国的专门生产商业性饲料的企业正在积极地与畜牧企业、养殖企业、食品企业等进行合资重组，以提高自身的竞争实力。

美国饲料业的另一特点是饲料企业的总数不断下降，单个饲料生产企业的规模不断扩大，这种情况下饲料企业的利润主要来自规模效益。2007 年全美共有 6288 家饲料厂，其中生产非加药饲料企业 5211 家，加药饲料的有 1077 家，排名美国前十位的饲料企业实际饲料总产量及其生产能力占美国总的饲料产量的比重很大，几乎垄断。这些饲料企业的竞争优势表现在：首先，管理方式先进。虽然美国的饲料生产企业的生产设备多为 1980 年左右的产品，设备有些陈旧，但其具有很大的生产规模，大多为年产 30 万吨至 50 万吨的企业。饲料产品生产线管理、生产、包装完全由计算机控制，自动化程度很高。在全价饲料生产过程中，生产工艺是由计算机识别安全控制加料，严格把关预混料的加工工序，保证了配方执行的准确性。其次，这些企业的预混料是集中生产、分散供应的。美国饲料生产企业的生产原料品种很全，预混料的生产大多是在一个集团集中生产、分散供应的。

美国饲料业还有一个主要特点是：美国的饲料企业内部基本都有自己的科研机构。科研机构在为客户做技术服务保障工作的同时，研究新产品开发与转化或做一部分的基础研究。确保了饲料产品的质量，推进了饲料工业的科技水平发展。

荷兰的畜牧业尤其是养猪业也相当发达，这和其发达的饲料业是分不开的。荷兰的饲料业从 1950 年开始发展，到 2007 年已达到饲料年产量 1370 万吨，其中猪饲料占 49％、牛饲料占 27％、禽类饲料占 21％、其他动物饲料占 3％。荷兰的畜牧业和饲料业之所以发展迅速，主要是由于其饲料企业与畜牧养殖企业是充分结合的。在荷兰，一个大的公司包括：畜禽水产养殖、肉类及水产品加工、饲料及谷物加工等，其管理水平和生产效益很高。其管理水平的高水准值得我们学习和借鉴。

泰国的饲料业也非常令世人瞩目。泰国的正大集团是世界三大饲料厂之一，有"饲料王国"之称。泰国饲料业在依赖于泰国政府与企业及民间行业协会联合共同开拓国际市场、有效保护国内市场和保护行业自身利益的前提下，由于系统地解决了饲养、饲料、畜产品收购和加工等各个环节的生产技术和经营问题，因而泰国的饲料企业本身也在畜禽饲养业发展中得到了迅速发展。

3.1.2 世界饲料质量安全问题现状

过去的五十年来，世界畜牧业获得了长足的发展，畜牧生产水平显著提高，产量大大增加，畜牧业的发展满足了人类对动物食品的需求。然而，畜牧业仍然是一种低效产业，动物将饲料养分转化为畜产品的效率很低，只有 15％～20％，而剩下的 80％～85％的食入养分通过粪便排入环境中，对土壤、水源、空气等造成了巨大的污染（氮、磷的污染最为严重）。饲料行业为了提高动物生产水平和饲料转化效率，在动物的饲养过程中使用了大量的肉骨粉、油脂等动物性饲料及抗生素、砷制剂、高铜等生长促进剂。近年来，由饲料质量安全问题引发的动物性食品安全问题的事件此起彼伏。在国际社会上，20 世纪 80 年代末期以来，疯牛病的暴发给世界畜牧业的发展带来了灾难性的危害。由于滥用动物性饲料，疯牛病在欧美和日本出现，造成了巨大的经济损失和恶劣的政治影响，也给当地食用牛肉的居民埋下了安全隐患，当地的养牛业一蹶不振。欧盟国家因疯牛病还引发了社会动荡。1995 年，西班牙发生了因食入含有瘦肉精的猪肉和猪肝而引起的中毒事件，43 人集体中毒。1999 年，比利时等国家发生二噁英污染肉、蛋、奶事件，欧盟的畜产品贸易蒙受高达十亿美元的经济损失。为此，比利时农业部长、卫生部长被迫辞职，以吕克德阿纳为首的四党联合政论在全国大选中惨败，吕克德阿纳率领政论集体辞职。

饲料质量安全是关系人类食品安全的大事，是世界普遍关注的热点问题。由于发生了一系列饲料安全问题，欧洲的一些国家引发了国际经济事件甚至是政治事件，造成了巨大经济损失和恶劣的政治影响。发生的一系列饲料安全问题同样也使整个欧洲的畜产品食品在国际竞争中长期处于不利地位，由此所造成的损失难以估量。

饲料质量安全问题不仅造成经济问题，也是严肃的政治问题，被社会公众和新闻媒体广泛关注。饲料不安全，一旦造成中毒事件，影响极其恶劣，在饲料的进出口贸易中还有可能引发农产品贸易争端，严重的饲料安全事件甚至还会造成人民对政府的信任危机，引发严重的社会问题。

由此可见，保证畜产品的安全性，解决畜牧生产对环境的污染问题已成为全球的迫切要求，畜牧业可持续发展的基本要求是生产无公害或绿色畜产品。

3.2 中国饲料产业发展概况及饲料质量安全问题现状

3.2.1 中国饲料产业发展概况

纵观我国饲料产业的发展历程，可以划分为三个大的阶段：

第一阶段，饲料产业起步阶段。

为适应养殖业迅速崛起的需要，20世纪70年代后半期，我国产生了饲料工业。1978年我国建起了第一个饲料厂——北京南苑饲料厂，设备全为国产，应用的是自己研制的饲料配方，其标志着我国饲料产业的开始。1978年全国的配混合饲料产量为300万吨。这段时期，饲料的品种单一，质量较低。20世纪80年代初，生产的配混合料，以混合料为主，而技术含量较高的配合饲料仅占工业饲料的10％左右。由于国内蛋白质饲料匮乏，一些添加剂需要从国外进口，鉴于当时外汇短缺，无法大量进口以满足养殖业的需要，我国生产出的饲料质量无法与国外同类产品相比。1983年邓小平同志提出：全国都要注意搞饲料加工，要搞几百个现代化的饲料加工工厂。饲料要作为一个工业来办，这是个很大的行业。1984年国务院批转了国家计委《1984～2000年全国饲料工业发展纲要（试行草案）》，将饲料工业正式纳入国民经济发展计划。

第二阶段，饲料产业成长阶段。

从1985年开始，我国的饲料产业进入快速成长阶段，配混饲料产量迅速增加，1988年达3000万吨，1992年进一步增至3583万吨。比1984年增长了近两倍。随着饲料工业和添加剂工业开始起步，许多依赖进口的添加剂逐步由国内生产替代，同时菜、棉籽饼等蛋白质饲料资源得到初步开发利用，大大改善了我国饲料的质量。1992年配合饲料占工业饲料的比重提高到70％左右。饲料品种由初期的单一混合饲料发展到混合饲料、配合饲料、预混合饲料及浓缩饲料等多种产品。混合料比重下降，配合饲料、浓缩饲料和添加剂预混料比重上升。1992年浓缩料、添加剂预混料分别占工业饲料的3.3％和0.8％。在配合饲料中，猪、禽料占很大比重，且以禽料占比重上升最快，1984 年猪禽料占配合饲料比重的 88%，其中猪料占 58%，鸡料占 30%，1992 年猪禽料占配合饲料比重的 92%，其中猪料占 44%，禽料占 48%。这些特点与猪禽的专业化、规模化饲养发展较快、商品化程度较高密切相关，特别是家禽业在养殖业中商品化程度最高，促使禽料比重迅速上升。总的来说，1985～1992 年这一快速成长阶段的特点是饲料用粮增加，配混饲料产量迅速增加，质量不断改善，结构日趋多样化，蛋白质饲料仍严重不足。在这期间，为了加强饲料行业的质量管理，国家陆续制定了相关的饲料标准，建立了饲料产品质量检测机构，出台了饲料管理办法。1985 年国家技术监督局颁布了猪、鸡配合饲料国家标准，1987 年成立了国家饲料产品质量监督检验测试中心，各省、市、自治区相继出台了《饲料管理办法》。同时，国家每年定期、不定期地对饲料产品质量进行检查，促进了饲料产品质量的提高。

从 1993 年起，我国饲料产业进入持续增长阶段。此阶段特点是饲料用粮继续增加，蛋白质饲料匮乏状况有所改善，饲料产量持续增加，质量进一步提高，品种更趋多样化、系列化，产品质量安全管理体系初步建立，但产品质量不高的问题仍然存在。饲料用粮占粮食总产量的比重由 20% 上升到 30% 左右。部分地区开始推广粮、经、饲三元种植结构，饲料种植逐步从粮食种植中分离出来，保证了饲料原料的数量和质量。同时，蛋白质饲料资源开发利用的水平也不断提高，棉、菜籽饼脱毒工艺的问世和推广，解决了两饼作为蛋白质饲料资源的最大障碍，在反刍动物中推广饲喂尿素，也有利于缓解蛋白质饲料短缺的矛盾。1993～1997 年饲料产量依然保持较快的增长势头，1997 年工业饲料产量达 6299.2 万吨，比 1993 年增长了 94.1%，年均增长速度达 15.8%，其中配混合饲料产量 5473.8 万吨，比 1993 年增长了 80.8%。由于国内的蛋白质原料资源不断得到开发利用，并加大了进口，蛋白质饲料资源的短缺程度有所缓解，并且饲料添加剂工业的长足进步，全国批准使用的饲料添加剂品种 80 多种，其中国产并已制定标准的有 40 多种，允许使用的药物添加剂 20 余种，筹资投建了多种添加剂生产项目等，使饲料产品质量不断提高。1997 年技术含量较高的添加剂预混料已达 124.7 万吨，是 1993 年的 2.8 倍，占工业饲料的比重由 1993 年的 1.4% 上升到 1997 年的 2%。品种更加多样化、系列化，以适应不同畜禽品种采食特点及在不同生长阶段的营养需要。截至 1997 年底，我国已制定了国家和行业饲料标准 162 项，建成各级饲料质检中心 281 个，其中国家级 2 个，部级 3 个，省级 36 个，市级 40 个，地县级 200 个。质量管理体系的初步建立，促进了饲料产品质量的不断提高。但是，由于对饲料标准的贯彻落实不够，部分饲料企业，特别是中小型企业执行国家和行业标准时大打折扣，自行删减、降低企业标准，影响了饲料产品的质量。

第三阶段，饲料产业调整阶段。

此阶段实质是饲料产业从成长阶段逐步迈向成熟阶段。其总体特点是：饲料总量增长缓慢，饲料产品结构调整，产品中科技含量逐步加大，饲料从业人员素质进一步提高，产品质量安全管理体系不断完善，产品质量进一步提高，饲料行业竞争激烈并且趋于微利，大型集团化企业稳步发展，饲料安全性日益被重视，饲料业发展仍处于区域发展不平衡状况。

改革开放 20 多年来，我国畜牧业发展进入了一个新阶段，畜产品的供给经历了从短缺到基本平衡，并出现结构性、地区性相对过剩；从单纯追求畜产品数量到追求畜产品质量和安全性；福利制度的改革使城镇居民的支出结构多样化，对动物性食品的需求增长减缓，而农民由于收入增长减慢，对动物性食品的需求增长也较缓慢，导致养殖业的发展速度减慢，从而使饲料总量增长减缓。2001 年，饲料工业稳步发展，全国饲料工业产值达到 1644 亿元，饲料产品双班生产能力达到 15024 万吨。饲料产品产量达到 7806 万吨。其中，配合饲料产量 6087 万吨，浓缩饲料 1419 万吨，添加剂预混合料 301 万吨。饲料产品产量、配合饲料、浓缩饲料及预混合料分别比 2000 年增长 5％、3％、14％、19％。与 2000 年相比，2001 年配合饲料占饲料产品总量的比重下降了 1.1％。产品结构得以进一步优化。在配合饲料中，猪料产量为 2222 万吨，占配合饲料的 36％，蛋禽料 1322 万吨，占配合饲料的 22％，肉禽料 1694 万吨，占配合饲料的 28％，水产料 615 万吨，占配合饲料的 10％，反刍家畜补充料 123 万吨，占配合饲料的 2％。与 2000 年相比，猪料增长 3.4％，肉禽料增长 5.4％，水产料增长 25.2％，蛋禽料下降 8.7％。产品质量进一步提高，2001 年，配合饲料全年合格率保持在 90％以上，饲料添加剂合格率保持在 80％以上，此为历年最好的。2001 年全国饲料加工企业总数 11905 个，比 2000 年减少 2.5％。配合饲料加工企业 6761 个，其中时产 5 吨以上者 1955 个，占配合饲料加工企业 29％，5 吨以下 4806 个，占配合饲料企业 71％，浓缩饲料加工企业 2539 个，添加剂预混合饲料加工企业 2579 个，饲料添加剂生产企业 964 个，饲料原料企业 1426 个，饲料机械加工企业 72 个。正大集团、希望集团、通威集团、湖南唐人神、山东六和等 20 家企业集团的饲料生产量占全国饲料生产总量的 30％以上，构成了我国饲料工业的第一方队，具有举足轻重的作用。饲料企业人员素质进一步提高。2001 年饲料企业人员中博士达到 304 人，硕士 1127 人，大学专科以上 73970 人，占职工总人数的 16.2％，比 2000 年提高 1.4％。饲料业发展仍处于区域发展不平衡状况。2001 年，东部地区饲料产品产量占全国的 44％，中部地区饲料产品产量占全国的 38％，西部地区饲料产品产量占全国的 18％。

3.2.2 中国饲料产业存在问题

我国饲料工业经过 30 年的发展，取得了令人瞩目的成绩。我国的饲料工业为农业结构调整、农民增收以及养殖业的持续发展做出了积极贡献。2006 年进入"十一五"时期后，我国饲料业经历了禽流感、畜产品价格震荡、饲料原料价格上涨等不利因素的严峻考验，饲料工业在生产波动中保持平稳。2007 年，全国饲料工业总产量 1.23 亿吨，占世界总产量近 1/5，其中配合饲料 9319 万吨，浓缩饲料

2491万吨，添加剂预混合饲料521万吨（见表3-2）。连续17年稳居世界第二饲料生产大国，是名副其实的饲料大国。我国饲料工业无论在国内还是在国际上都具有举足轻重的地位。

表 3-2　1997～2007 年全国各类饲料产品产量　　　　单位：万吨

年份	配合饲料	浓缩饲料	添加剂预混合饲料	年份	配合饲料	浓缩饲料	添加剂预混合饲料
1997	5474	700	125	2003	6428	1958	326
1998	5573	886	138	2004	7031	2224	406
1999	5553	1097	223	2005	7762	2498	472
2000	5912	1249	253	2006	8117	2456	486
2001	6087	1419	301	2007	9319	2491	521
2002	6239	1764	316				

资料来源：全国饲料工业统计资料（1997～2007）。

目前我国饲料工业存在的主要问题主要有以下几方面。

3.2.2.1　企业数量多、规模小、开工率低

目前我国饲料企业数量过多，2007 年达 15376 家，但规模小、管理粗放，技术水平低的中小企业占多数，他们抵御市场风险能力差，生产能力过剩。大部分饲料企业，普遍面临开工率低的困境。由于受国内饲料资源和技术水平的制约，饲料市场混乱、竞争无序、盲目重复建设等，目前生产能力相对过剩，企业之间在盲目地拼价格、争市场、耗资源，从而导致国内企业普遍存在劳动生产率低、经济效益差的现象。我们在生产成本方面已无竞争优势。随着入世后世界性的大财团、大企业直接参与到国内饲料生产和市场经营，国内小企业随时有被吞并或者挤垮的可能。

3.2.2.2　区域布局不够合理，导致发展不平衡

现在我国的饲料工业布局虽已初步形成东、中、西部梯形发展的框架，但由于东部得益于天时、地利、人和的优势，使得饲料业的各个方面均强于中、西部。如果中、西部不采取切实有效的措施加快发展步伐，与东部的差距将进一步拉大，饲料工业布局将愈趋不合理，发展不平衡状态会更加突出。

3.2.2.3　饲料质量安全问题较突出

部分技术与经营管理水平较低的企业为了利益，常常在饲料中添加违禁药品、超范围使用饲料添加剂、不遵守休药期和配伍禁忌规定。我国饲料标准体系不健全和饲料检测手段落后，不能满足对饲料质量安全管理的需要，严重影响饲料质量安全。

3.2.2.4　饲料原料短缺

我国虽然是世界上最大的养殖生产国之一，但又是资源短缺的国家。随着经济的发展和人民生活水平的提高，市场对畜产品的需求不断增加，导致畜牧养殖业对优质饲料和饲料粮的需求不断增加，因此一些饲料原料特别是蛋白质饲料原料、能

量饲料以及部分饲料添加剂等缺口越来越大。

饲料原料生产体系薄弱，饲料原料供需平衡脆弱，蛋白质饲料资源缺口大。我国传统的大农业结构是典型的粮食—经济作物二元结构，饲料粮生产在农业生产体系中尚未立足。种植业的品种单一，布局不合理，基本上是南方产水稻，北方产玉米的格局。合理的饲料作物种植区域规划尚未定出，很不利于以有限的土地资源提供大量的能量饲料和蛋白质饲料。

3.2.2.5　科技投入不足

我国饲料工业的整体科技水平与国际水平具有较大差距，我国政府和饲料企业对饲料工业的科技投入不足，创新能力低，科技开发能力不强。特别是对以生物工程、信息技术为代表的高新技术研究开发不够，产业化水平低，缺乏技术创新能力。大量有关动物营养和饲料科学的基础性、前沿性研究较少开展，严重影响饲料业的持续发展。科技成果缺乏生产可行性和投资经济性，与市场需求脱节，还没有形成有效的科技技术市场服务中介和高素质的技术经济队伍，导致科技成果转化率不高。

饲料工业科研开发水平低，科技推广体制不顺，广大农民对科技知识认识不足，将影响饲料产品的创新和市场竞争力。我国目前生产的饲料和饲料添加剂产品，拥有独立知识产权的产品和技术还不多。加入WTO后，随着对知识产权保护力度的加大，仿制将是一种侵权行为，短期内会制约我国的饲料科技开发能力。我国饲料工业行业科研单位不少，但分属农业、粮食、化工、轻工、医药、教委等不同系统。在立项、科研、转化、推广等方面存在着大量不合理的重复。科研部门的研究课题不能很好地与生产实际相结合，科研部门与企业之间缺少科研成果转化机制，大量的科研成果被闲置。落后的中小型饲料厂更是缺乏技术开发的能力。饲料工业的培训、技术推广、信息咨询等服务体系建设薄弱。

3.2.2.6　饲料添加剂品种不全、质量低、总量不足

我国饲料添加剂的生产明显滞后于饲料加工业的发展，国产饲料添加剂品种与数量的不足将是中长期内限制配合饲料生产发展的重要因素。氨基酸、维生素、抗生素添加剂等严重依赖进口的局面难以在短时间内扭转。我国药物性添加剂的开发、生产问题也较严重。尽管我国目前研制的饲用抗生素、合成抗生素、驱虫剂、抗球虫剂等已有10余种，与世界水平的技术差距不断缩小，但由于这类添加剂更新换代快、新产品开发周期长、投资大，因此我国规模化生产开发水平远落后于研制水平。欧盟已经禁用的几种抗生素的更新换代产品我国尚不能生产。

3.2.2.7　工业饲料入户率较低

我国饲料工业具有较大的生产能力，但由于我国养殖业对饲料需求量巨大，我国生产工业饲料仅占总饲料用量的1/3左右，大部分农家养殖户使用工业饲料的比例很低，他们较多使用青饲料、自配料或直接用谷物饲喂畜禽。

3.2.2.8 我国饲料工业标准化水平比较低

国际标准采用率低，饲料产品出口更容易受到国外技术壁垒的制约，而我国尚未建立起完善的技术壁垒机制。我国已初步建立了比较完整的饲料工业标准化体系，在标准的制（修）订方面开展了大量切实有效的工作。但是，与发达国家相比，还存在不少问题。一是标准落伍，直接采用国际标准的很少，特别是企业标准，一些技术指标甚至低于国家推荐性标准；二是现有标准不配套，饲料产品技术指标设置不合理，安全卫生指标设置不全，仍有大量产品通用技术规范和检验方法标准急需制定；三是检验手段和方法落后，因而我国很难对一些进口的高新技术产品的化学成分、安全卫生性能进行评价，难以建立我国的技术壁垒；四是直接采用国际标准的产品和检验方法标准比较少，如 ISO、FAO、AOAC 等国际组织和发达国家制定的标准，从而使饲料产品出口受到国外技术壁垒的影响。

3.2.2.9 与饲料业相关的管理部门之间职责不清

我国的饲料管理部门既出现了多头管理、重复查处，加重了企业负担，又出现了管理上的"真空"，服务监管不到位。管理体制不顺，管理职能错位。一些地方的管理方法仍沿用以前的单一计划调控和行政命令。一些省机构改革后，弱化了省级饲料管理机构，难以落实行业管理和行政执法的各项职责。虽然国家积极协调，逐步理顺管理职能，为饲料行业管理和发展创造了较好的外部环境和大气候，但一些地方饲料管理部门仍未能创造协调、统一的工作小气候，饲料产品质量监督和免征增值税问题长期未能很好解决。

3.2.2.10 体系法规不健全，严重影响饲料产业的发展

一些不法分子无视行业法规，伪造他人品牌，导致不合格产品充斥市场。一些经销商为眼前利益驱动，片面宣传，误导农民，坑害消费者，给饲料业带来很坏的影响。同时饲料监管力度不大，致使无序竞争状态愈演愈烈，严重影响着我国饲料产业的持续健康发展。执法人员的素质有待提高。

3.2.3 中国饲料质量安全现状

随着中国饲料工业的快速发展，对饲料产品的质量安全问题关注度提高，近几年来，在全国各地发生了由于饲料产品质量所引发的恶性伤害事件，对消费者利益和身体健康造成了严重危害。由于饲料产品中兽药残留、重金属等有毒有害物质残留超标，造成中国畜禽产品出口受阻，使我国蒙受了巨大经济损失，饲料质量安全问题成为最为突出的问题，制约了中国饲料工业持续健康发展。虽然我国各级政府和有关部门为提高饲料产品质量、保证饲料质量安全等方面采取了一系列的措施，做了很多工作并且取得了一定的成效，但从目前来看，饲料产品在生产、经营和使用环节上仍然存在着严重的安全隐患，这一问题并没有从根本上得到解决。

饲料产品是动物的食物，也就是人类的间接食物，与人们的健康息息相关。近年来我国的动物性食品安全事件此起彼伏，2001 年 11 月广东省就曾发生一起严重

中毒事件，群众因食用含瘦肉精的猪肉及其制品而导致的 484 人集体中毒。据统计，1998 年以来，我国相继发生十几起瘦肉精中毒事件，中毒人数达 1431 人，死亡 1 人。氯霉素超标造成我国大量的对虾出口被退回、被索赔。孔雀石绿对水产养殖业敲响警钟。还有近期为大家所关注的"三鹿"三聚氰胺事件，以及检测出的"咯咯哒"三聚氰胺鸡蛋，件件桩桩，似乎都在人们耳边敲着一声声警钟！但却真实地反映出当前的现状！氯霉素对虾、红心鸭蛋、孔雀石绿等，再算上欧盟已经禁止，但我国却依然广泛使用的抗生素，都成为影响我国饲料安全的障碍！1996 年，欧盟因中国饲料中用药过滥、兽药残留超标，而停止从中国进口禽、兔肉产品，给国家造成巨大经济损失，也损害了国家形象。据报道，2002 年中国畜产品因质量不符合进口国要求而遭退货的损失高达 100 多亿元人民币。中国因产品质量安全问题丢失了欧洲市场、出口量急剧下降。在新时代下的饲料生产中的质量安全管理问题成为所有饲料生产企业所面临的重要问题。

所幸，越来越多的饲料生产者已经意识到饲料质量安全问题，他们采取原料监控、升级加工工艺等，提升企业的社会责任感，这使得生产安全的畜禽产品成为可能。

我国政府对饲料质量安全十分重视。特别是近几年来，农业部为加强饲料产品质量安全监督管理，以保障动物食品的质量安全，农业部每年都组织国家饲料质量监测机构和省市饲料质检机构对全国饲料进行质量安全监测。20 多年来我国饲料产品质量稳步提升。1987 年第一次饲料产品质量全国抽查，样品合格率仅为 20%；1990 年、1995 年、1998 年、1999 年进行的配合饲料产品质量四次全国统检，抽样合格率分别为 59.4%、62%、89.7%、88.9%。"十五"以来，全国配合饲料质量合格率一直保持在 95% 左右（见图 3-2）[国家饲料质量监督检验中心（北京），

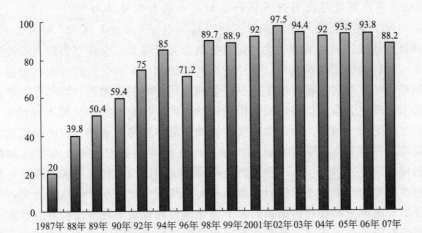

图 3-2 历年配合饲料国家监督抽查合格率（%）

资料来源：国家饲料质量监督检验中心（北京）。

2007]。

在饲料质量安全方面，瘦肉精在饲料生产环节检出率大幅降低，2000年专项整治前瘦肉精检出率为19.8%，整治后2005年瘦肉精检出率降至0.1%以下；生猪养殖环节瘦肉精检出率总体下降，由2001年的10.1%降至2005年的1.54%。为了确保饲料和动物性食品的安全，近年来饲料质量安全监测范围加大，检测项目包括违禁药物添加、饲料添加剂的使用、饲料卫生指标等。农业部在2007年6月发布饲料三聚氰胺检测标准。截止到2008年10月28日，饲料三聚氰胺检测合格率达到了97%以上。

虽然我国的饲料安全工作不断加强，饲料产品的质量水平不断提高，但是从目前来看，我国的饲料质量安全问题还远没有解决。饲料产品在生产、流通和使用中仍存在着严重的安全隐患；饲料安全仍然受到各种人为因素以及非人为因素的严重威胁。从近年来全国饲料和饲料添加剂质量监督抽查以及各地在饲料产品质量安全监管工作中发现的情况看，我国现阶段饲料质量安全中存在的问题主要有以下几点。

3.2.3.1　在饲料中添加不可用的违禁药品

常用的违禁药品包括激素类、类激素类和安眠镇定类。1998年，农业部发布了《关于严禁非法使用兽药的通知》。2002年2月，农业部、卫生部、国家药品监督管理局联合发布了《禁止在饲料和动物饮用水中使用的药物品种目录》。同年3月，农业部又发布了《食品动物禁用的兽药及其他化合物清单》。这些法规对饲料中的各种禁用药物作了明确规定。可是少数厂家、商家和养殖者为了片面追求经济效益，置国家法律于不顾，在饲料生产和养殖过程中使用违禁药物，给人类身体健康带来严重后果。

3.2.3.2　不在规定范围内使用饲料添加剂和药物饲料添加剂

2006年，农业部公布了《饲料添加剂品种目录》（农业部658号公告），规定除饲料级氨基酸、饲料级维生素、饲料级微量元素等200余种（类）营养性饲料添加剂和一般性饲料添加剂之外，未经新饲料添加剂评审并公告的或未办理进口饲料添加剂登记的，均属于超范围生产、经营和使用的饲料添加剂。但仍有一些企业和个人将未经审定公布的饲料添加剂用于饲料生产，潜在的安全问题不容低估。药物饲料添加剂是指为预防、治疗动物疾病而掺入载体或稀释剂的兽药的预混物，常用的药物添加剂主要有抗生素和驱虫剂等。2001年7月，农业部发布了《饲料药物添加剂使用规范》，规定了57种饲料药物添加剂的适用动物、用法与用量、停药期及注意事项等。然而，不少饲料企业和畜禽养殖场（户）不严格执行规定，超允许品种添加、超限量添加药物添加剂，不遵守休药期规定等现象比较普遍存在，还有的不遵守配伍禁忌等规定，或者将不同品牌的饲料产品混合饲用，致使属于配伍禁忌的几种药物被同时使用，由此导致饲料中的药物成分在养殖产品中积蓄残留，产生耐药性，对人体产生不良影响，并对环境造成污染。

3.2.3.3 在反刍动物饲料中添加和使用肉骨粉等动物性饲料

肉骨粉等动物源性饲料虽然从开发利用蛋白资源角度看，具有良好的社会效益和经济效益，但是从饲料安全的角度看，对反刍动物生产却存在较大的隐患。但是为了规避风险，1992年农业部在"疯牛病"发生原因公布后，即发文禁止在反刍动物饲料中添加或使用动物性饲料，并于2001年再次专门发文重申这一规定。然而目前仍有一些养殖场（户）无视国家禁令，在反刍动物饲料中添加动物性饲料产品，造成一定的"疯牛病"隐患。

3.2.3.4 饲料卫生指标超标

环境对饲料的污染主要有两个途径：一是工业生产中排放的各种有毒有害气体、污水、残渣等，其中不少污染物具有难降解、易积累、毒性强的特点，甚至具有致癌、致突变、致畸作用。二是农业生产中化肥特别是农药的广泛使用。在目前的植物保护中，农药仍起着不可替代的作用，但由此产生的农药残留及其污染问题是十分严重的，由农药对饲料原料的污染进而在饲料和动物体内残留的事件经常发生。除环境因素对饲料的污染以外，饲料在分检、包装、运输、装卸、储存、计量等过程中也会产生各种污染现象。如在包装时混用包装口袋就可能造成污染，在储存过程中因管理不当也可能造成饲料霉变等污染。这种交叉污染在饲料流通过程中也经常发生。我国广大地区饲料霉变问题相当严重，不少饲料厂家和养殖场甚至把已经严重霉变、不能食用的粮食产品喂给养殖动物。

综上所述，饲料产品的重要性和特殊性决定了解决饲料质量安全问题必须治标治本：

(1) 关注已出现的问题的同时要关注可能存在的安全风险隐患；

(2) 要建立健全的产品质量和饲料行业标准体系，并且要促进法律、法规体系的完善；

(3) 建立高效的监督管理体系的同时，加大对违法、违规行为的打击力度；

(4) 关注饲料行业本身的同时，关注养殖业等相关行业；

(5) 依靠饲料行业主管部门的同时，建立各个饲料企业质量管理体系，动员全社会的广泛参与。

第四章

中外饲料质量安全管理特点比较分析

4.1 国外饲料质量安全管理模式

4.1.1 美国饲料质量安全管理模式

美国是世界第一大饲料生产国，美国政府十分重视饲料的质量安全管理工作。在美国，饲料安全理念是"安全的饲料等同于安全的食品"。美国作为一个畜产品生产、消费及贸易大国，这些年来几乎未发生过由饲料质量安全问题所造成的重大食品污染事件以及重大的人畜伤亡事件。

4.1.1.1 美国饲料监管法规的组成

美国饲料监管法规的组成包括法律、规则、指导文件或指南三大部分（林海丹，2008）。

由于美国是联邦制国家，美国的各个州可以根据本州饲料生产情况，以美国联邦法典为指导，制定出适用于本州的饲料法。美国《食品、药品和化妆品法》（FDCA）是与饲料监管最直接相关的法律。美国饲料生产企业和饲料经营者必须遵从法律和规则，这些都是强制性法规。而指导文件或指南在监管法规中属于对饲料企业提供建议和指导的内容，不具备法律约束性。但是美国农业部（USDA）和美国食品药品管理局（FDA）的官员是根据指导文件或指南中制定的规则对饲料企业进行检查和执法，因此，企业还是需要严格遵从这些指导性文件和指南。

4.1.1.2 美国的饲料监管体系的组成

（1）美国食品药品管理局　美国食品药品管理局负责对美国的加药饲料进行监管，所有加药饲料的管理由美国食品药品管理局负责，FDA制定了一系列的加药饲料和添加剂的管理规则，监管美国所有的加药饲料的生产执照的申请、饲料的生产及使用安全。

（2）美国农业部　美国农业部负责对美国的非加药饲料进行监管。食品安全检验局（FSIS）是美国农业部的一个部门，FSIS被授权监督并且实施美国联邦食用动物食品安全法规，同时FSIS要负责制定并实施美国残留检测计划，还要负责肉类及家禽产品质量安全监督检验及管理；动物植物健康安全局（APHIS）是美国农业部的另一部门，APHIS负责对肉骨粉等动物副产品的进口安全进行管理和审批；美国联邦各州的农业管理部门只需负责本州的非加药饲料质量安全的监管。

4.1.1.3 美国饲料监管的主要工作

（1）饲料生产企业在美注册制度 美国的所有饲料生产企业（包括所有在美国经销的外国饲料生产企业）都需要向美国食品药品管理局提交生产企业的所有信息，用来进行登记注册，登记合格的企业可以被授予注册码。这些企业如果只是生产非加药饲料，只需要依照其所在州颁布的饲料法的规定，向其所在州农业部门申请登记注册，所在州的农业部门必须备案每一种产品。这些企业如果是生产加药饲料，需遵守《食品、药品和化妆品法》以及美国食品药品管理局制定的相关规则，向美国食品药品管理局的兽药中心申请加药饲料生产执照，获得美国食品药品管理局的批准后才能生产。美国食品药品管理局会派人每两年到饲料企业中检查。

（2）对饲料原料的管理 在美国，实行清单制饲料原料的管理，饲料原料清单分为两大类：药物原料清单和饲用原料清单，目前清单中可供选择的原料大约有400余种，使用清单内的原料均为合法的。清单以外的原料或添加剂很难列入清单中，美国有3个地区性实验室需要对新申请的原料的新成分安全和有效特性等的数据信息做验证，并且大概需要花费两年的时间才有可能获得批准。

（3）对饲料标签的管理 美国对饲料企业生产的饲料实行标签明示标准，标签中标出的内容就是饲料生产者对其客户的必须兑现的承诺。《饲料标签指南》由美国饲料官员控制协会（AAFCO）制定，规定美国企业的饲料标签应包括饲料的产品特性和产品的安全使用信息等。美国联邦和各州农业部门或美国食品药品管理局每1～2个月会到饲料生产企业对饲料标签进行检查，主要检查产品是否符合其标签明示的内容。

（4）对加药饲料重点管理 加药饲料的管理是美国饲料监管中的重要内容，FDA对加药饲料实施分级管理，将兽药分为Ⅰ型和Ⅱ型：Ⅰ型药物是指在动物上市前不需要停药期的即没有停药期的药物，Ⅱ型是指有严格停药期的药物。对加药饲料原料又细分为A型、B型和C型三种类型：A型为药物原料，用于生产A型原料或生产B、C型药物添加剂；B型为用于生产其他B或C型药物添加剂并且其中含营养成分不少于25％的加药饲料；C型为用于生产全价饲料的药物添加剂。在使用加药饲料方面，FDA规定：仅使用Ⅰ型药物或Ⅱ型药物中的B、C型加药饲料用于生产其他饲料的企业不需通过FDA注册，不需获得加药饲料生产执照。使用一种或多种Ⅱ型药物中的A类药用于生产加药饲料的企业均需每年向FDA登记注册，获得加药饲料生产执照。FDA对加药饲料实行分级管理，既可有效降低加药饲料的安全风险，又有利于明确监管重点。

（5）发现饲料质量有问题时的处理方式 一旦发现饲料存在质量问题，可能危害公共安全，美国政府从州一级将立即停止其销售，停止批发，从货架上或用户处召回产品。企业如果发现自己生产的饲料有问题则有两种处理方式，一种是自愿召回,主动向 FDA 汇报并取得帮助;另一种方式是企业与 FDA 主动向公众公布,以消除潜在的危险。目前政府正在制订无条件召回的方案,对不合格企业的处罚通常是经济和信用方面的处罚,较少用刑事处罚。

4.1.1.4 美国的饲料质检体系

美国的饲料质检体系除了由饲料检测官员协会分布在各州的饲料执法实验室以外,还专门设立了农业部食品安全检验局,他们与食品药物管理局、环境保护署分工合作,检测食品和饲料中的各种添加剂、残留物与污染物。

4.1.1.5 美国饲料质量认证体系

HACCP 这一概念最早可追溯到 1959 年美国 Pill sbury 公司与国家航空航天局为生产安全的宇航食品所指定的质量管理体系,其目的是控制化学物质、毒素和微生物对食品的污染,现已被美国食品、饲料管理部门和生产商所普遍采纳,作为建立质量保证体系的依据。美国为了确保饲料原料和饲料产品的安全,在饲料企业中全面推行 HACCP 管理。

4.1.2 加拿大饲料质量安全管理模式

加拿大是世界排名第六的饲料生产大国,其饲料工业连续 5 年快速增长。加拿大饲料生产总量大,同时也十分重视饲料产品的质量安全。加拿大有超过 500 家的商业饲料加工机构,由加拿大食品监察署管理畜禽的生产和销售,其中,用于畜禽饲料的原料必须由政府部门核准。加拿大在饲料质量安全管理上形成了一整套比较规范的做法。

4.1.2.1 加拿大饲料监管机构

加拿大成立了专门的食品安全监督机构。1997 年,加拿大联邦议会通过了《加拿大食品检验局法》,并且组建了加拿大食品检验局,将饲料和畜产品的安全监管和执法权在这个部门统一行使,加拿大食品检疫局整合了以前隶属于工业部、卫生部、农业与食品部、海洋和渔业部四部门的职能和人员。加拿大食品检验局共有5900 多名员工,有 14 个实验室或研究机构。食品检验局负责制定动植物健康标准,组织实施饲料的检验活动,对全国实行垂直领导。

4.1.2.2 加拿大饲料质检体系

加拿大的饲料检测体系包括官方饲料检测实验室和具有第三方公正性的实验室组成。加拿大质检体系的完善一方面是因为加拿大的饲料厂基本都有实验室,一些大饲料生产企业的实验室检测水平很高,同时具备了为客户提供检测服务的条件。加拿大食品检验局对所有饲料企业每年至少进行一次突击检查,被称之为"国家饲料检测计划"。另一方面,由于加拿大质检机构有充足的监管经费,因此其具有强大的监管力度。加拿大在政府年度预算中都包括了饲料安全监管经费,对饲料的检验检测费用可以依照"国家饲料检测计划"中完全解决。1997 年以来,加拿大政府每年拨付 1200 万加元专款用于饲料安全的监控检测，每个官方饲料检测机构每年安排 220 万加元经费支持检测机构运行，由于财政支持，经费充足，加拿大饲料检查员队伍整齐，饲料检测机构设备维护良好、更新及时，工作效率大大提高。如加拿大农业-食品实验室全体员工仅 25 人，而每年检测的样品超过 1 万批次。加拿大饲料产品质量和检测方法标准具有系统性、配套性、统一性。饲料检测标准涵盖了所有明确的营养成分、限量物质和化学合成物质的分析方法，并与国际食品法典委员会（CAC）和国际兽医局（OIE）的标准接轨。

4.1.2.3　加拿大饲料法律体系

加拿大联邦的《饲料法》已颁布了近 100 年，它是世界上饲料立法最早的国家之一。目前的加拿大联邦《饲料法》已经过 6 次修改，由于疯牛病的肆虐，于 1997 年对其做了全面修改，增加了一些内容，如禁止用哺乳动物源性饲料饲喂反刍动物等多项规定。加拿大目前已形成了以联邦《饲料法》为主体，以《动物饲料限制和禁止规定》、《新饲料管理规定》和《加药饲料生产管理暂行规定》为补充的新的加拿大饲料法律体系。

4.1.2.4　加拿大饲料质量认证体系

加拿大动物营养协会通过对各类质量管理方式进行比较，于 1996 年启动 HACCP 饲料安全计划，目的是为饲料加工企业实施 GMP 和 HACCP 提供帮助。

4.1.3　欧盟饲料质量安全管理模式（秦玉昌，2006）

4.1.3.1　欧盟对饲料质量安全监管环节

影响欧盟饲料质量安全的环节主要包括饲料质量安全风险环节、饲料进口管理环节、制定和修订法律法规等环节，这些环节都由欧盟食品安全局及欧盟成员国食品安全局来负责监控。监管各国的饲料工业的质量安全由欧盟各成员国农业行政主管部门以及其设立的检测机构来具体负责，这其中包括饲料产品的注册、饲料卫生、饲料标签、饲料添加剂的安全使用、动物源性饲料的生产使用等。

4.1.3.2　欧盟的饲料法规体系

欧洲的气候和地理环境非常适合发展畜牧养殖业，因此欧洲的饲料工业起步较早，也有很长的一段时间对饲料添加剂进行法制管理。欧洲议会环境公共卫生和食品安全委员会、欧盟委员会健康与消费者保护最高理事会具体负责欧盟饲料监管的相关法律法规的制定和修订。欧盟现行的饲料法规共 180 项，1970 年 11 月发布的指令《关于饲料添加剂》是欧共体理事会基础性管理法规，前后历经了十几次修改，这个指令被 2004 年 10 月生效的欧盟委员会条例《关于在动物营养方面使用的添加剂》替代。欧盟理事会为了执行指令《关于饲料添加剂》，于 1987 年 2 月 16

日颁布了《确定对于饲料营养方面的添加剂评价导则》指令，经过多次修改，规定了关于各种饲料添加剂品种的批准、修改或中止使用的文件。此外，欧盟的基本法规还包括《饲料卫生法令》、《欧盟加药饲料生产和销售规则》、《配合饲料流通规则》、《动物营养中不良物质和相关产品规则》、《政府监管动物营养的指导规则》等。根据当时的饲料安全监管形势和饲料科技发展趋势，每年欧盟都对这些基本法规进行适当的修订和增补，这些饲料监管的法律规定不但是欧盟各成员国共同行动的指南，也是各国制定各自饲料法律规定的基础。

4.1.3.3　欧盟饲料法规特点

欧盟的法律体系主要包括法令、指令、决定三个方面。欧盟饲料法律体系组成中，有一些基本法规是以法令形式发布，而绝大多数的法规是以指令形式发布，还有一部分是以决定形式公布，这些决定是针对监控饲料工业中单独具体问题的饲料法规。

欧盟在制定饲料法规时，应当考虑欧盟实际情况，从根本上确保成员国的根本利益；同时广泛的与世界卫生组织、世界粮农组织和世界动物卫生组织展开合作，遵守相关规定和要求。欧盟现行的饲料法规体系共包括 1970～1988 年间制定的 35 项法规，欧盟为加强对饲料添加剂的管理，在 2003 年、2004 年分别制定了 29 项和 34 项饲料法规。

这些年来，欧盟不断加强饲料安全监管法规的建设，规范了饲料安全立法上的程序和实施范围。欧盟于 2006 年实施新的饲料卫生法规等，目的是加大对饲料企业违规行为的惩罚力度，加强企业责任感。同时，欧盟对饲料工业的原料生产以及动物饲养的全程质量安全监管也非常关注，并构建了全方位、多角度的立体饲料质量安全保证法规体系。现行欧盟饲料相关法规条款涉及农业和工业政策、环境和消费者健康保护等多个社会领域。

4.1.3.4　欧盟饲料质检体系

欧盟为饲料检测建立了由常规（现场）检测实验室、国家参比实验室和 4 个欧盟参比实验室组成的分级监控、检测网，CRL 参比实验室负责制定检测方法性能的衡量标准、分工负责几类危害物检测技术的研究、指导、认证、培训和考核，向各成员国实验室提供相关标准参比物和校准标准，必要时做出仲裁性分析。

4.1.3.5　欧盟实行 FAMI-QS 认证，未认证的产品不得进入市场

FAMI-QS 体系是基于 ISO 9001：2000 、HACCP 以及欧盟各国推荐的 FE-MAS、GMP＋、Q＋S 等认证基础上所建立的欧盟统一认证制度。FAMI-QS 体系包含产品、生产、HACCP 应用、不合格的处理四个方面。体系对产品方面的要求包括对产品说明书、添加的原料、原料供应商、产品稳定性和可追溯性的控制要求；生产方面包括对成品、包装和标签、混合、质量控制、检验、仓储、运输、清洁、饲料企业厂房和设备、工作环境等方面提出要求；FAMI-QS 体系对 HACCP

原理的应用包括 HACCP 计划、危害分析、关键控制点的识别等要求；FAMI-QS 体系对不合格品的处理包括投诉处理系统和召回制度（王峰，2007）。

欧盟为了保证动物饲料的卫生安全，从而保证人用动物性食品的安全，规定在 2006 年 1 月 1 日前，所有欧盟的饲料添加剂和预混合饲料厂商必须通过欧盟的 FAMI-QS 认证注册。欧盟要求凡出口到欧盟的饲料添加剂和预混合饲料的非欧盟 生产商应当在 2006 年 12 月 31 日前通过欧盟 FAMI-QS 认证，获得认证最终期限 不迟于 2007 年 12 月 31 日。欧盟采取的 FAMI-QS 体系，将对全球的饲料添加剂 的生产和市场产生意义非凡的影响。

FAMI-QS 认证由独立的认证机构实施，并在 FAMI-QS Asbl 协会注册。拟认 证厂商需向 FAMI-QS Asbl 协会和认证机构提出申请，经认证机构审核通过后， 在 FAMI-QS Asbl 协会注册，由 FAMI-QS Asbl 协会公布其结果，并同时成为 FAMI-QS Asbl 协会会员，相关产品可进入欧盟销售。

FAMI-QS 认证来源于 2003 年欧洲议会颁布的《欧洲饲料卫生规范》，该规范 对整个饲料行业的卫生和安全要求作出规定，其中涵盖饲料添加剂和预混合饲料。 由此，2004 年成立 FAMI-QS Asbl 协会即欧洲饲料添加剂和预混料质量体系协会， 机构设在比利时，为非盈利机构。协会根据该规范，制订饲料添加剂和预混合饲料 在内的实施规则和认证注册体系，该实施规则就是用于饲料添加剂和预混料行业的 FAMI-QS 实施规则。FAMI-QS 体系被欧盟各方面一致评价为现行解决饲料安全 控制的最佳方法，因此在整个欧盟得到普遍认同，进而欧盟在饲料行业推行 FA-MI-QS 认证。对管理当局和使用者而言，做到了欧盟各国的认证的统一，避免了 多重检查。目前，Adisseo、ADM、BASF、DSM 等公司已通过 FAMI-QS 认证， 其他生产商包括来自欧盟以外（印度、中国）的相关厂商，对此项认证也十分关 注，纷纷计划申请认证。

该规范不仅适用于欧盟境内饲料添加剂和添加剂预混合饲料生产商和供应商， 也适用于向欧盟出口上述产品的第三国生产商。因此，FAMI-QS 在规范欧盟饲料 加工行业的同时，也对中国饲料添加剂企业进入国际市场提高了门槛。

相对于欧盟各国在饲料安全领域所推荐的不同质量管理要求，FAMI-QS 认证 具有以下优点：

（1）是唯一适用于整个欧洲（Pan-European）的饲料添加剂和添加剂预混合饲 料生产的质量安全控制体系。

（2）对欧盟及进入欧盟的饲料添加剂及添加剂预混合饲料生产的质量安全控制 建立了统一的评价体系和要求。

（3）对欧盟管理当局和使用者而言，做到了欧盟各国认证的统一，避免了多重 检查。

（4）FEFANA（欧洲饲料添加剂生产商协会）所有会员积极推行 FAMI-QS， 将会成为全球性的饲料添加剂和添加剂预混合饲料质量安全管理规范。

(5) FAMI-QS 的认证标准直接来自欧盟关于饲料添加剂和预混料卫生安全的 183 号、1831 号法规，对欧盟成员国以前类似的合格评定具有统摄性。因而，已成为欧洲和欧洲以外的供应商合格评定的首选。

4.1.4 以荷兰为例的质量安全管理模式

4.1.4.1 荷兰动物饲料生产委员会

荷兰动物饲料生产委员会是一个荷兰所有饲料原料与配合饲料贸易协会、饲料原料贸易者、饲料原料生产者以及最终的饲料需求者的联合体，主要管辖范围包括饲草、饲料原料和食品加工处理过程中的副产品等。其主要任务是为动物饲料生产链制定质量规则（如动物饲料的 GMP 标准），以把饲料的质量控制纳入整个动物生产部门的整体质量控制体系。

4.1.4.2 饲料质量控制体系

质量控制体系在西欧饲料生产中的应用是从 20 世纪 80 年代末开始的。那时，许多公司根据 ISO 9001/9002（ISO ＝国际标准化组织）开始了内部质量控制实践。这种规则在法律上得到规定，管理体系的作用是使质量方针和质量目标得以实现。

1992 年，由荷兰动物饲料产品委员会提议，GMP 标准开始发展成为饲料工业的一个质量管理体系（GMP ＝良好操作规范）。同时，养殖生产质量保证的焦点扩展到整个生产链：养猪和养鸡业开始实行整个生产链控制程序，把饲料生产 GMP 作为生产链控制的核心部分。现已制定了抗生素、抗球虫药和其他危险性饲料添加剂的最大使用量。此外，还对有害物质和微生物威胁采用了明确的管理标准。同时对整个生产过程和动物饲料原料的贸易及运输实施明确的控制措施。ISO 和 GMP 主要侧重已知危险因子的管理，如抗生素、黄曲霉毒素和沙门杆菌，而不能预防未知污染的发生，因此在 20 世纪 90 年代后期未能保护欧洲饲料工业免受动物饲料丑闻的影响（二噁英和疯牛病）。

荷兰建立了饲料质量控制体系。动物饲料部门是整个食品生产链中很重要的一环，对荷兰肉类、奶类和蛋类质量来说尤为重要。从 20 世纪 90 年代开始，荷兰动物饲料生产委员会（PDV）就主要依据 GMP 标准来对饲料质量进行控制。饲料 GMP 质量控制体系是荷兰综合质量控制体系（IKB）的一个重要组成部分。为了提高饲料质量水平和安全程度，荷兰的各饲料生产、流通部门内部都制定了相应的质量标准。并且各部门之间也达成了一系列的协议：这些动物饲料部门内部的质量控制措施是荷兰饲料质量控制 GMP 标准的一部分。荷兰动物饲料商品委员会负责发放 GMP 合格证。动物饲料质量局和国家家畜和肉类检测局也对产品进行检测，以保证产品质量符合要求。

从 1999 年 6 月起，荷兰动物饲料生产委员会为了进一步增强对动物生产部门的质量控制，决定在整个动物生产链上进行风险分析，并更加强调了企业内部的危害关键点控制，同时将食品质量控制扩展到整个食品成分供给链。1999 年末，也是由荷兰动物饲料产品委员会提议，在动物饲料生产质量保证方面增加了另外的内容：

（1）预防性危险分析和 HACCP（危害分析和关键控制点）作为整个饲料生产链质量体系的一部分。

（2）把质量管理体系扩展到整个饲料原料供应链。

（3）早期报警系统（EWS）作为饲料污染事故的一个快速通信系统。

通过这些新方法，在预防控制措施、原料监控和饲料生产之间应该能够对存在的危险达到一种平衡。公司所采取的措施必须能够加强动物生产每个环节的系统工作并采取预防性行动。从现在起，在"安全的饲料＝安全的食品"这个口号下，动物饲料工业和原料供应商已经成为人类食物链的一部分。

4.2　中国饲料质量安全管理模式

4.2.1　中国饲料安全法律体系现状

饲料安全法律体系是指有关饲料生产和流通的安全质量标准、安全质量检测标准及相关法律、法规、规范性文件构成的有机体系（顾正祥，2007）。我国于 1999年 5 月 29 日颁布并施行《饲料和饲料添加剂管理条例》，并于 2001 年 12 月 29 日发布了修订文本。此条例包括了《饲料添加剂和添加剂预混合饲料实行生产许可证制度》及《产品批准文号制度》等 11 项管理制度。据此以政府令发布和修订了《饲料添加剂和添加剂预混合饲料产品批准文号管理办法》、《饲料添加剂和添加剂预混合饲料生产许可证管理办法》、《新饲料和新饲料添加剂管理办法》、《进口饲料和饲料添加剂登记管理办法》等，并以公告和通知等形式发布了一系列管理性文件，初步形成了饲料安全法律体系。

虽然我国已经有了初步的饲料安全法律体系，但我们不得不承认：我国饲料安全的法制化管理与国际上的水平还存在一定的差距；我国饲料安全法律体系的框架结构还不够完善，有待进一步地科学化、合理化。

我国饲料安全法律法规体系中存在以下方面的不足之处。

4.2.1.1　体系不完善

目前，我国虽然已有保障饲料安全的《饲料和饲料添加剂管理条例》、《新饲料和新饲料添加剂管理办法》等，但是我国还没有一部针对饲料安全的专门法律。这些法规条例对饲料质量安全的有关方面做了一些简要性规定，条文笼统。而且由于这些法规颁布时间较早，当时的标准较低，且标准的覆盖面较窄，因此不能充分反映新形势下消费者对饲料质量安全的要求。

4.2.1.2　可操作性差

分析比较发达国家饲料安全法规体系可以发现：发达国家饲料安全法规体系更

加科学、严谨、翔实，可操作性强，对所涉及的各项内容的规定十分详尽，对管理机构的职责权限划分的十分清楚。我国虽然已制定了一些相关法规、条例和办法，却过于笼统。由于我国的法规、条例和办法的制定者分属不同的管理部门，相关条款极有可能有重复和矛盾之处，一旦饲料安全事件出现时，用现有的法规条例和办法解决起来十分复杂。

4.2.1.3 体系更新慢，难以与国际接轨

我国现有的饲料安全法规大部分是 1980～1990 年间制定的，绝大部分都没有进行大的修订，不能适应新形势下的国际饲料工业对饲料安全的需要。这几年来，饲料添加剂行业的发展速度迅速，研制出了很多新型饲料添加剂，这样就使原有条例显得不相适应。

4.2.1.4 饲料安全标准系统性较差

我国的饲料质量安全管理未将饲料质量安全建立在全部饲料产业链基础上，因此，饲料安全法律体系的广度不够；饲料安全的标准和法规在制定上也不够协调，系统性较差。有些饲料安全法律法规在制定时，没有充分考虑到饲料质量安全问题，因此，当饲料安全成为首要的问题时，原有法规条例就显得很不协调。

4.2.2 中国饲料工业质量标准体系现状

我国的饲料工业标准是在《中华人民共和国标准化法》、《中华人民共和国产品质量法》、《中华人民共和国计量法》、《中华人民共和国商标法》四大法律的基础上制定的。饲料工业的质量标准分为国家标准、行业标准、地方标准、企业标准四种类型。其中国家标准和行业标准又分为强制性标准和推荐性标准。1986 年 4 月 28 日国家标准局批准成立"全国饲料工业标准化技术委员会"，每年都列项制定一批国家标准和行业标准，并根据生产、管理和市场需要以及科学技术进步，已批准发布的标准还在不定期地进行修改或修订。近年来，饲料工业标准制定，侧重在安全、卫生和检测方法标准方面。

保证饲料安全的关键环节是监督与管理。我国饲料工业质量标准体系的现状如下。

(1) 质量标准体系不健全　质量标准体系不健全、建设滞后，缺少通用性强、权威性高的饲料添加剂和违禁药物的检测方法。由于方法不一致导致对比性差，亟须制定国家或行业标准。

(2) 检测手段相对落后　我国饲料安全的检测方法和指标相对落后，与国外先进质量检测技术相比有较大差距。检测部门资金不足，仪器设备陈旧亟须更换，缺乏检测经费，检测范围小，我国的检测手段已不能适应饲料行业监督管理和行政执法的需要。

近年来，我国政府对饲料安全问题非常重视，启动了"饲料安全工程"，主要

内容是以饲料标准化体系建设、饲料监测体系建设和依法行政管理为手段，加强对饲料质量安全的监管力度，特别是加大了对饲料中使用违禁药品的查处力度，较大地改善了我国饲料质量安全状况。

4.2.3　中国饲料质量安全管理体系

4.2.3.1　我国的饲料监管机构

我国的饲料监管机构主要由全国饲料工作办公室和各省市饲料工作办公室组成。我国对饲料和饲料添加剂的管理实行分级管理的模式，而不是发达国家采用的垂直管理模式。我国的饲料管理部门是各级政府的一个职能部门，由当地政府领导、上下级饲料管理部门之间只存在业务上的指导关系，但没有领导与被领导的关系。我国的《饲料和饲料添加剂管理条例》中规定：全国饲料、饲料添加剂的管理工作由国务院农业行政主管部门负责，但考虑到各地机构组成的差异，对基层饲料、饲料添加剂的管理部门没有明确规定，只是要求"县级以上地方人民政府负责饲料、饲料添加剂管理的部门，负责本行政区域内的饲料、饲料添加剂的管理工作"❶。

4.2.3.2　我国的饲料质检体系

我国饲料质检机构的组成部分是以 2 个国家级饲料监测中心为龙头，8 个部级饲料监测中心为主体，22 个省级饲料监测所和地、县级饲料监测站为网络。这些检测机构不仅负责饲料、食品的安全监测和质量控制，而且进行新技术的研究、新方法的开发、确认、培训和国际间的交流与协调。

4.2.3.3　我国的饲料认证体系

我国大部分饲料企业通过了 ISO 9001 质量管理体系认证，其中部分企业通过 HACCP 体系认证。

北京华思联认证中心于 2007 年获得欧盟 FAMI-QS 协会授权后成为开展 FA-MI-QS 认证工作的全球 14 家机构中唯一一家中国认证机构。基于饲料行业的专业背景，与 FAMI-QS 协会保持密切的联系，每年负责组织其专家来华培训及与企业沟通交流的具体组织安排工作。

北京华思联认证中心作为农业部中国饲料工业协会下属认证机构，在饲料行业中具有雄厚的专业技术优势，主要体现在专业化的专家团队及丰富的经验。中心在协会的工作指导下致力于为国内广大饲料及饲料添加剂企业提供优质服务。

截至目前，通过该中心审核并获得出口欧盟资质的企业已逾 80 家，其中很多企业已成功成为欧盟在华主要饲料添加剂采购商（如荷兰普乐维美、泰高等）的合

---

❶ 《饲料和饲料添加剂管理条例》，1999 年。

格供方。

认证流程为：

（1）企业向认证中心提出认证申请，提交相关资质文件及齐全的体系文件，并签订认证协议（资质包括：营业执照副本复印件、组织机构代码证副本复印件、饲料添加剂生产许可证复印件）。

（2）中心代企业向欧盟 FAMI-QS 协会提交申请。

（3）欧盟接到通知向企业提供交纳准会员费的通知，企业按欧盟要求交纳 525 欧元准会员费后，将在 FAMI-QS 官方网站"认证正在进行中"列表中登陆企业名称。

（4）中心对申请企业所提供的体系文件进行审核，如有必要，将要求企业根据标准要求及企业实际情况进行有针对性的补充修改。

（5）中心安排现场审核，并提前与企业沟通确认审核时间，现场审核后审核组将以文字形式提交审核报告。

（6）现场审核后企业整改不符合项。

（7）中心技术委员会评定，通过后中心向企业发放认证证书，并且企业在 FAMI-QS 官方网站上登录状态将更新为获证企业，成为欧洲饲料添加剂的合格供应商。

（8）为在证书有效期内保持证书的有效性，中心每年将对获证企业进行一次监督审核。

4.2.3.4 我国饲料质量安全管理工作

一是由国家饲料行政主管部门制定每年的全国饲料统检或抽检计划，并由国家质量检测机构和省部级质检机构执行。保证对饲料产品的抽检次数和抽检频率，采取普查、抽查和跟踪监测等方式，加大对生产、经营和使用违禁药品的查处力度；采取统检、抽检和专项检查等方式，加强对饲料添加剂和动物源性饲料产品的安全检测，并且将检测结果及时向社会公布。

二是市场监管。以保安全、促发展为目标，以抓监管、抓法制、抓基础、抓源头为手段，大力强化饲料质量安全的日常监管，提高科研能力，保证饲料基础支撑能力，加快推进我国由饲料大国向饲料强国转变，全面促进饲料工业发展。

三是开展专项整治工作。开展专项整治活动以规范饲料企业的生产经营。扩大饲料及饲料添加剂的抽检范围，严厉查处在饲料原料和产品中添加三聚氰胺等有毒、有害化学物质的行为。严厉打击养殖过程中添加瘦肉精等违禁物品、苏丹红等非法添加物的违法行为。加大对违法违规企业的查处力度。同时，应提高饲料行政许可门槛，加强对获证企业的监督检查和日常监管。坚决取缔无生产许可证、无产品批准文号、无产品标签的"三无"饲料生产企业。

表 4-1 美国、欧盟、加拿大、中国饲料质量安全管理体系比较。

表 4-1　美国、欧盟、加拿大、中国饲料质量安全管理体系

项目	美　国	欧　盟	加拿大	中　国
饲料监管体系	(1)美国食品药品管理局 (2)美国农业部	(1)欧盟食品安全局 (2)欧盟成员国食品安全局 (3)欧盟各成员国农业行政主管部门	加拿大食品检验局	(1)全国饲料工作办公室 (2)各省（自治区）市（直辖市）饲料工作办公室
饲料质检体系	(1)农业部食品安全检验局 (2)饲料检测官员协会分布在各州的饲料执法实验室	(1)常规检测实验室 (2)国家参比实验室 (3)欧盟参比实验室	(1)官方饲料检测实验室 (2)具有第三方公正性的实验室	(1)国家级饲料检测中心 (2)部级饲料检测中心 (3)省级监测所
饲料法律体系	(1)法律 (2)规则 (3)指导文件、指南	(1)法令 (2)指令 (3)决定	(1)法律 (2)法规	(1)法规 (2)条例 没有专门的法律
饲料认证体系	全面实行HACCP认证体系	FAMI-QS认证体系	全面实行HACCP认证体系	ISO 9001 质量管理体系认证，部分企业通过HACCP体系认证

资料来源：作者整理。

4.3　国外饲料质量安全管理特点分析

国外在饲料质量安全管理方面具有鲜明的特点。本书主要以美国为例分析饲料质量管理的特点，从而与中国饲料质量管理模式对比。

4.3.1　美国饲料企业质量安全管理特点

美国为了确保饲料原料和饲料产品的安全，在饲料企业中全面推行 HACCP 管理。HACCP 含义是危害因素分析与关键控制点，HACCP 的基本原理是对食品、饲料加工的每一个步骤进行危害因素分析，并且确定关键控制点，控制可能出现的危害。确立符合每个关键控制点的关键限值，与关键控制点相关的所有关键组分都是食品、饲料安全的关键因素。饲料企业的整个质量管理按照 HACCP 原理进行危害因素分析、确定关键控制点、建立关键限值、关键控制点的监控、纠偏措施、建立验证程序、建立记录保持程序。

HACCP 体系的建立和实施：

组建 HACCP 小组——产品描述——确定预期用途和消费者——绘制流程图——验证流程图——HACCP 小组依据 HACCP7 个原理制定 HACCP 计划

HACCP 系统对饲料生产中各个方面的危害分析及关键控制点的主要应用❶：

---

❶　杨慧，2007 年。

4.3.1.1 饲料原料的采购和储藏方面

控制饲料原料的采购和储藏关键点的方法：第一要有完整的原料质量验收标准，必须做到严格按质量标准验收原料，按照规定方法对进厂的原料进行取样，验收水分及感官指标，符合标准的填写质检报告单，不合格的直接退货。由质管部门及时为入库原料挂上质量标志牌。在储存过程中为了防止微生物对饲料原料的污染，必须按规定的要求堆放原料，做好通风、防霉、防潮等措施。并且由饲料企业的品管部门定期对原料进行质量检查，及时解决问题，不留安全隐患。

4.3.1.2 饲料配方方面

饲料配方要满足法律法规的要求、满足动物生长所需的营养要求、满足疾病预防要求以及对饲料的安全性要求。要准确使用药物、饲料添加剂，确定其精确用量；精确添加一些有毒性的微量元素用量；精确控制含有有害因子的饲料原料用量，通过这些措施确保配方设计的质量。

4.3.1.3 饲料产品加工过程

饲料产品加工过程的危害分析及关键控制点包括五个方面的内容：即加工设备管理、粉碎、配料、混合、制粒及打包控制。加强这几方面的管理对生产出高质量的饲料产品极为重要。

饲料产品加工过程的危害分析及关键控制点：

（1）加工设备管理　加强设备管理对生产出高质量的饲料产品极为重要，规范设备操作程序，做好设备的维护保养、定期检修，将有助于确保生产正常进行。由于加工设备（颗粒机的冷却装置、膨化机、制粒机等）与饲料接触部分的间隙会残留饲料残渣，给霉菌和沙门菌等有害微生物提供污染的机会，这就给牲畜带来非常严重的问题。确保设备表面漆料稳固，防止其混入饲料中造成污染。因此，饲料企业应定期对设备进行检查，对其中的关键点和轴颈部位更应频繁检查，每周对排料门、提升斗进行清扫，并检查磨损和渗漏情况。

（2）粉碎　粉碎工艺中最严重的是物理危害，如饲料原料中混入金属、石头、塑料、玻璃等杂质，都会给后续工艺带来无法弥补的严重后果。因此，在投料前应对原料进行除杂处理和专人监控，同时粉碎机的工作状态和磨损也必须每天检查。每一班次还应检查粉碎的均匀度和粒度。此外还要注意粉碎后料的冷却过程，因为粉碎过程产热将导致水分迁移，造成局部水分过高，使中间仓内易发霉变质。

（3）配料　配料控制是整个饲料加工过程中最主要的关键控制点，药物、微量元素、菜籽饼粕等添加过量都会带来严重污染。这就要求配料时必须在检查核对配方无误后，方可进行正常配料，并指定专人进行监督检查各种添加剂及添加料配制是否正确，定期校验各种配料秤，确保配料计量准确。另外要随时检查配料仓的进料情况，不得换错仓。

（4）混合　对已按配方要求进行称量配制的原辅料进行充分的混合，避免由于混合不均匀造成的局部产品的药物浓度过高。混合时间的确定应根据产品的品种、混合机的性能、混合机的装料量进行测试，确定出合理的混合时间作为关键限值。特别是预混料应进行分级预混。可通过定期对混合均匀度变异系数进行检测，验证混合的效果。

（5）制粒 目前主要是通过控制调质温度、水分、冷却温度、破碎率及颗粒持久性来控制保证质量。压粒后应充分冷却，否则由于颗粒内部较热使水分外移，给霉菌污染和料仓腐蚀等创造条件。此外，控制颗粒料冷却后温度应在环境温度±5.5℃范围。控制制粒工艺的关键点是要随时检查颗粒料加水量、温度、粒度、硬度、粉化率、含粉率、气味和色泽等。根据季节或原料含水量调节蒸汽压力和蒸汽温度，以保证达到一定的调质效果，从而提高颗粒料的质量。

（6）打包控制 饲料打包过程中也会受到微生物的污染，同时还需注意饲料标签上的各项指标是否与成品相符合。如有较大出入，将会给畜禽养殖造成危害。所以在重点对成品的感官、粒度、色泽、气味等进行监督的同时，还要检查饲料标签是否符合国家法规规定的内容，如发现不符合要求应及时处理。

4.3.1.4 饲料成品管理过程

依照 HACCP 体系管理，饲料生产企业应建立起一套完整有效的质量监控和检测体系。质检部门应设立仪器室、检验操作室和留样观察室，要有严格的质量检验操作规程；要强化对有毒有害物质及添加剂的检测，对于有毒物质及添加剂含量超标的产品要严禁出厂，并及时查清原因，采取纠正措施；质检部门必须有完整的检验记录和检验报告，并保存 2 年以上。饲料标签必须按规定注明产品的商标、名称、成分分析保证值、药物名称及有效成分含量、产品保质期等信息。饲料生产企业应具备与生产能力相适应的仓储能力，仓储设施应当符合防水、防潮、防鼠害的要求，并具有控温、控湿能力。在常温仓房内储存饲料，一般要求相对湿度在70％以下，饲料的水分含量不应超过 12.5％。在饲料企业中实施 HACCP 体系，可以提高饲料生产企业的质量控制意识和质量控制技术水平。

4.3.2 美国政府对饲料质量安全管理的特点

4.3.2.1 美国对饲料产品实行法制化管理

美国是一个法治国家，从饲料到饲养、加工、储藏、运输、屠宰等各个方面，都有法可依。美国饲料工业的法律法规健全，可操作性很强，执法到位。美国在畜产品安全卫生方面，还有多部法律法规，例如《联邦鸡蛋产品检查法》、《联邦肉类产品检查法》、《联邦畜类产品检查法》等。美国联邦政府的各州 6000 多个单位中有 8000 多名监督员进行有效执法，这些监督员主要负责食品安全卫生包括饲料安全卫生的监督检查工作。由于美国的执法力度大，畜产品质量安全卫生状况明显好转，需要召回的不合格食品数量逐年递减。因此，美国的饲料企业必须在严格遵守各项法律法规的基础上，对饲料产品进行质量控制，才能生产出安全有效的产品。

4.3.2.2 美国政府抓重点管理，饲料企业加强自我监督

美国的一个理念是：安全、合格的产品是被生产出来的而不是被检验出来的。美国官方饲料控制协会是由美国联邦政府与各州政府的饲料监管部门以及其他与饲料工业相关的执法部门组成。美国官方饲料控制协会负责建立并实施统一的、公正的法规标准并且落实政策机制，规范各州饲料的生产和销售，最终达到饲料质量安全管理的目标。美国政府对涉及饲料安全和食品安全的环节在监管上抓重点，如杜绝食物链中进入疯牛病病原，制定计划并重点抓肉骨粉的沙门菌控制，确保反刍动物饲料中不添加反刍动物的肉骨粉及副产品。因此，美国饲料企业在这些方面的自我监督机制非常完善。

4.3.2.3 美国政府在发现饲料质量有问题时的处理方式

美国政府一旦发现饲料存在质量安全问题，有可能危害到公共安全及公众健康，政府将立即下令从州一级停止其销售及批发，并且从各个渠道召回产品。当饲料企业发现自己生产的饲料有问题，有两种处理方式：其一是自愿召回，主动向美国食品及药品管理局汇报并获得帮助；其二是饲料企业与美国食品及药品管理局主动向公众公布，使公众警觉，以消除潜在的危险。目前美国政府在制订不合格饲料产品无条件召回的方案，对生产质量不合格的饲料产品企业的处罚通常是经济处罚和信用方面的处罚。

4.3.2.4 饲料工业乃至整个社会各个方面中的信用和诚信

美国有很完善的信用评估体系，企业和个人的信用都会被评估和记录。信用方面的污点记录将长期影响这个企业或个人在从事商业活动、贷款、升学、就业等方面，因此在美国不守信用、制假销假的代价是高昂的，是得不偿失的。完善的信用体制贯穿于社会的每个环节，促进了人与人之间的信任和守信。在饲料行业，如果养殖场在饲喂了某个饲料厂生产的饲料配方后发现饲料有问题时，养殖场首先会向饲料厂索赔，由该饲料厂的承保保险公司核查并赔偿；其次养殖场要考虑是否继续与该饲料厂合作。该饲料厂的信用会受损，从而损失已有的或潜在的商业客户，进一步与该饲料厂合作的银行和保险公司也会对该企业构成一定压力，因此对饲料厂来说，生产有质量安全缺陷的饲料产品在各方面的潜在损失将远超出事件本身可预见的损失。

4.4 中国饲料质量安全管理特点及存在问题分析

4.4.1 中国饲料企业产品质量安全管理特点

饲料企业的高级主管只有指挥各部门的工作进行有效的运转，才能保证企业生产出质量稳定的产品。他们通过品质管理部门、原料采购部门、生产部门、市场销售部门等各职能部门的有效运作，将饲料配方技术变成合格产品，企业的配方技术与企业各职能部门是一个动态互相促进的关系。中国饲料企业对饲料产品的质量安

全管理有以下特点。

4.4.1.1　对原料采购部门的质量管理

饲料企业中所有从外采购的原料都会影响饲料产品的质量，没有合格的原料就没有合格的饲料产品。因此必须对采购工作进行质量管理控制。饲料企业在采购原料时应依据国家和行业的相关标准，或者企业自身可以制定更加严格的企业标准来指导原料采购部门进行原料采购。

以前，饲料企业买方强调通过原料采购渠道的多样化来促进原料经销商之间的竞争，使饲料企业买方获得较有利的交易条件；而现在则强调饲料企业应主动争取与原料卖方发展长期合作伙伴关系，使原料卖方明白饲料企业对原料质量的要求，从而促使双方建立长期的合作伙伴关系，努力满足对方的需要。

4.4.1.2　对生产部门的质量管理

饲料企业为了保证最终能生产出合格的饲料产品，必须对生产部门中直接影响质量的各道生产工序制定出与其相对应的工作计划，并且严格控制这些生产工序。对生产部门的质量管理包括所有影响工序质量的因素，如原材料、工人、机器设备、工序参数及生产环境。

4.4.1.3　对销售部门的质量管理

饲料企业的销售部门应对本企业的产品具有很深的了解。饲料企业必须以销定产，才能保证销售的产品在保质期之内，而生产计划是依据销售部门的销售计划而制定的，而不是由生产部门制定的。因此，对销售部门进行质量管理，是生产部门进行生产的前提。

4.4.1.4　对饲料配方的质量管理

饲料配方是保证饲料产品质量的前提和基础，饲料的配方直接决定产品的先进性和可竞争性。饲料企业技术总监必须按饲料产品标准和原料价格计算出饲料生产配方，由技术部按审核出的配方标准进行生产。

4.4.1.5　对化验室的质量管理

饲料企业的化验室负责全公司原料、成品及饲料生产过程的检测化验工作及其有关的技术问题。

4.4.2　中国饲料企业质量安全管理存在问题分析

我国的饲料工业是 20 世纪 70 年代末随着改革开放逐步发展起来的，到现在已发展了三十年，饲料产量已居世界第二位，并且出现了如希望、通威集团等全国性大型企业集团。饲料质量安全管理也由最初的在化验室进行简单的检测水分、粗蛋白质等指标，发展到目前这样建立质量管理体系、进行 ISO 9001 质量管理体系认证及 HACCP 认证体系。

改革开放三十多年来，我国饲料工业取得了很大的进步，但是不同的饲料企业其质量管理水平也是参差不齐的。饲料企业的质量管理水平直接体现了该企业的综合管理水平和科技科研水平。饲料质量安全管理对饲料企业本身的发展乃至饲料工业的健康持续发展都至关重要。

我国饲料企业质量管理方面存在的主要问题如下。

4.4.2.1 部分饲料企业对质量安全管理存在观念上的偏差

（1）一些饲料企业对质量认识模糊。许多人认为高的价格就是好的质量，因而，总是在利润还是质量上犹豫不决。

（2）部分饲料企业认为质量管理是质管部门的事情，与自己无关。

（3）有的企业认为质量是检验出来而不是制造出来的。

由于部分饲料企业在上述观念上存在偏差，因此在工作上产生矛盾，从而对饲料产品的质量产生不好的影响，而观念上的改变是一件比较困难的事。

4.4.2.2 人员流动频繁

企业人员流动较为频繁，这势必导致一定的短期行为，而企业管理是需要长期的努力和积累的。这就导致了短期行为与长期行为之间的矛盾。

4.4.2.3 人员素质参差不齐

饲料企业从业人员的思想与业务素质相差较大，这需要进行不断的培训和磨合，需要较长的时间。

4.4.2.4 饲料原料来源复杂

饲料原料的来源复杂、批次多但数量少。这就必然导致饲料质量控制上的难度和饲料成品质量的波动。这在一定程度上也影响动物生产性能的发挥。

4.4.2.5 饲料质量认证未充分发挥作用

许多饲料企业虽然建立了以 ISO 9000 族标准为核心的质量管理体系，但由于社会的影响，以及奖惩机制的不到位等多方面原因，在不少企业中还未能发挥其有效作用。

4.4.3 中国政府对饲料质量安全管理的特点及存在问题分析

我国对饲料和饲料添加剂的管理实行分级管理的体制，这种监管体制符合我国的国情，但是管理中也存在着一些问题。

4.4.3.1 "角色不清、权限不清"

在我国有些职能部门制定和解释法规、标准的同时，又行使执法功能，这就不可避免地出现问题。由于未设立明确的管理机构，造成部分地方对饲料行业多头管理、重复检验和收费，增加饲料企业的负担，破坏了正常的生产经营秩序；部分地方政府在机构改革之时，削弱了饲料管理机构，难以落实饲料行业管理和行政执法的各项职责；而目前大部分地区在县级还未设立专门的饲料管理职能部门，当地的饲料产品质量安全问题不受控制。

4.4.3.2　各部门间的工作很难协调

饲料质量安全工作涉及饲料的生产、经销和使用等环节，也涉及养殖业、商业、运输业等多个行业，在上述各个方面，卫生、检疫、工商等多个部门都有其相应的管理职能；根据目前各部门的职能分工，农业主管部门不能承担起饲料产品管理的全部职能。同时，由于农业部门管理权限和执法手段的限制，其他部门必须予以配合，因此部门间工作的协调问题显得尤为重要。

4.4.3.3　各个地区管理不协调

各地必须通力合作、协调一致地做好饲料安全管理工作。但由于各地管理部门不同，要做到这一点还有很大难度。信息沟通不顺畅、管理办法不统一、管理工作不协调造成了做好饲料安全管理工作的障碍。一个地区的饲料产品安全管理工作做不好，不仅会影响本地的饲料经济发展和人民群众的身体健康，而且随着饲料产品的流通，也会对其他地区造成损害。

4.5　中外饲料质量安全管理特点比较分析

饲料质量安全问题是世界各国普遍关注的问题。西方发达国家经过漫长的摸索和实践，在饲料质量安全管理方面已经积累起许多成功的经验。然而，中国饲料工业的发展历史只有短短三十年的时间，虽然饲料产量位居世界第二位，但不论从生产方式、产业组织或者经营管理能力等方面来看，中国的饲料工业仍处在较低的发展水平。中国的饲料质量安全工作总体上处于起步和探索阶段。

由于国情不同以及所面临问题的不同，各个发达国家在对各自的饲料质量安全的管理规定和各自饲料企业的质量安全管理方式上也是不同的。同西方发达国家相比，中国的经济发展水平还比较落后，如果简单照搬发达国家的做法，不仅不适应中国现阶段的国情，也不具备实施的条件。但是对中外饲料质量安全管理中的一些带有共性和趋势性的问题与管理经验，应当加以研究，并应吸收到中国的饲料企业质量管理和政府安全监督管理工作之中。下面就中国与外国在饲料质量安全管理工作中的各个方面的不同进行比较分析如下。

4.5.1　饲料法规的建立对饲料质量安全管理工作的影响

发达国家和地区在饲料质量安全监督管理中都建立了一套完备的法律法规体系，每项管理职能的行使都有法可依。在美国，饲料安全的法规分为联邦法和州法。联邦法律又可以分为两类：一类是食品（饲料）管理的一般性法规，另一类是由食品与药物管理局（FDA）制定的对饲料产品的专用法规。此外，美国的各个州以联邦法律为基础，制定出各州的商业饲料法规。这些法律规定覆盖了食品（饲料）成分、食品（饲料）添加剂、食品（饲料）标签等各个方面，以及饲料的生产、经营和使用各个环节。

欧盟的饲料法规性文件很多且内容详细，并且这些饲料法规性文件在不断地以修正案或附加条款等形式调整，最终形成了完整的法律法规体系。概括起来，欧盟关于动物饲料的法规主要包括五个方面的内容：①饲料原料、配合饲料、特殊用途饲料、生物蛋白和转基因饲料市场流通和标签方面的规定；②饲料添加剂授权、流通和标签方面的规定；③饲料产品中禁止物质（霉菌、重金属等）的规定；④动物饲料生产企业的许可和登记制度；⑤动物营养的官方检查制度。这些法律规定是欧盟各成员国统一行动的指南，也是各国制定各自法律规定的基础。正因为外国完善的饲料法规，使得外国饲料企业的饲料质量管理工作有据可依，有法可循。

2001 年 11 月 29 日，我国修订了《饲料和饲料添加剂管理条例》，其中设定了进口登记、新品种审定、生产许可证、批准文号、标签、留样观察、质量监督、法律责任等 11 项基本制度，管理主体和客体十分明确。但由于《饲料和饲料添加剂管理条例》的管理制度都是原则性的，内容比较笼统，还需要进一步制定出实施细则以及各个制度的专项管理办法来细化。目前农业部已颁布了产品批准文号管理办法、生产许可证管理办法和允许使用的饲料添加剂品种目录，但实施细则和配套的专项管理办法仍未颁布。

美国有着完善的饲料立法，并且制定出了配套的规章制度，为饲料行业全面依法行政提供法律依据；美国的管理主体只有一个，对饲料的管理执行一部统一的法律。我国饲料安全的法制化管理与国际上的水平还存在一定的差距，我国虽然也遵守同一部法规，但是我国还没有一部针对饲料安全的专门法律，且执法主体则分属不同的部门，容易造成角色不清、权限不清、执法尺度不同甚至执法脱节。

4.5.2 政府对饲料质量安全管理工作的监督

各国政府在监控本国饲料质量安全方面具有不可推卸的责任。

美国的饲料监管实行垂直管理，监管体系主要由美国农业部和美国食品药品管理局组成，分别负责非加药饲料的监管、加药饲料的监管。

美国是联邦制的国家，欧盟是一个多个国家的组织，因此，如何在各地协调法令的实施和监督管理行为成为他们需要面临的一大问题。欧盟通过明确欧盟委员会与各成员国相关管理机构之间的不同分工来保证法律规定的制定以及管理行为的统一、协调。

我国现行的饲料和饲料添加剂分级管理体制，在纵向上基本顺畅；在横向上却问题突出。由于各地管理机构所属部门不统一，很难保证地区间在落实法规以及开展执法工作等方面的协调一致。因此，必须进一步深化我国饲料行业行政管理体制改革，扩大国家饲料质量安全主管部门的权力和责任，进一步提高其业务的指导性和权威性；要建立地区间饲料管理工作相互配合和协调的新机制。在这方面，一种可供借鉴的模式是美国的饲料官员控制协会（AAFCO），饲料官员控制协会通过联席会议等形式为各州沟通工作信息提供一个稳定的平台。

我国应依据《饲料和饲料添加剂管理条例》规定，加快地（市）级以及县（市）级饲料监测机构的建设步伐，尽快明确饲料管理部门及其职能，并配备相应的管理人员❶。各级政府必须指定具体办事机构和专人负责饲料行政执法，保证饲料质量安全工作的连续性和稳定性。要加强执法力量，提高执法人员素质，加强对执法人员政策、法律和专业知识的培训，建立一支具有专业知识、作风好、纪律严的行政执法队伍。

4.5.3　推行 HACCP 管理体系，确保饲料安全

美国确立了"安全的饲料等于安全的食品"的理念，对饲料企业质量管理工作实施 HACCP 管理。饲料管理的环节很多，美国饲料的安全管理重点抓住饲用油脂二噁英监测、肉骨粉沙门菌防治和疯牛病控制、加药饲料管理和药残监控等。自1970 年初以来，HACCP 管理体系已逐渐被美国食品、饲料管理部门和饲料企业广泛采纳，作为建立质量保证体系的依据，在全球范围内的不少国家也得到了广泛的应用。美国于 1972 年成功地应用 HACCP 管理体系对低酸罐头的微生物污染进行了控制。自此，美国农业部、美国食品与药物管理局等有关机构分别对 HACCP的推广应用做出了一系列规定，要求建立一个以 HACCP 为基础的食品安全监督体系。

英国是欧盟成员国中较早进行立法规定较为全面和系统的应用 HACCP 的国家之一，在其《食品安全法令》中明确规定了食品生产企业必须建立和实施 HAC-CP。HACCP 的实施，有效地杜绝了有毒有害物质和微生物进入饲料原料或配合饲料生产环节。同时由于 HACCP 关键控制点的有效设定和检验，保证了最终饲料产品中各种药物残留和卫生指标均控制在最低限以下，确保饲料原料安全和配合饲料产品的安全。

日本于 1995 年 5 月通过了食品卫生法的修正而重新公布了《综合卫生管理制造过程》，即在食品的制造、加工及其管理方法基础上，为防止食品卫生危害，特别加强预防性措施的综合制造加工过程，工厂均积极施行 HACCP 管理制度。

当前我国饲料安全隐患很多，卫生指标严重超标问题、动物性饲料的安全问题、滥用违禁药品问题、药物残留问题等都直接影响到我国饲料质量安全，这些方面都应当成为我国饲料安全管理的重中之重来加以解决。地方各级饲料管理部门，应当研究影响各地饲料安全的关键因素，树立饲料安全就是食品安全的观念，抓住重点逐步突破。

在我国推广 HACCP 的应用，关键在于饲料企业领导。我国政府要面向企业广泛宣传质量认证工作的重要性，使企业领导充分认识这一工作的重大意义和作用，提高领导的思想认识并且自觉实施这一工作。据不完全统计，全国饲料工业中通过

---

❶ 《饲料和饲料添加剂管理条例》，1999 年。

ISO9000 质量认证的企业并不普遍，通过 HACCP 认证的，只有少数单位。当前饲料企业存在的思想障碍主要是："怕麻烦，认为多一事不如少一事"、"搞不搞质量认证关系不大，产品照样销"等。要在企业中加强质量安全工作，积极推行 HACCP 认证等，从源头上确保饲料质量安全，是加强安全监管，推广 HACCP 是增强企业竞争力，做大做强的方法，是推进饲料工业由国内市场进而走入国际市场的途径。认证工作是关系企业生存的大事，是企业发展的基本建设。只有企业有了积极性，质量认证工作才有基础，才有执行下去的动力和保障。

4.5.4 建立健全饲料产品标准化体系

美国、欧盟等发达国家和地区的饲料产品标准体系有三个特点：

一是标准种类繁多。

对饲料产品的生产、加工、销售、运输、储存、标签、品质等级、添加剂和污染物、最大兽药残留物允许含量等各个方面，都有相应的标准要求。这些标准基本涵盖了生产、销售和使用各个领域，没有明显的疏漏。

二是大多数产品质量标准注重与国际标准接轨。

美国、欧盟等发达国家和地区在共同遵守世界卫生组织和联合国粮农组织食品法典委员会的食品标准、国际有机运动联盟的有机食品标准等的基础之上，结合本国或地区的具体情况对饲料产品标准体系加以细化，使这些标准的产品可以方便地打入国际市场。

三是标准法律化。

美国、欧盟的许多标准是以法令的形式出现的，在美国已将"允许使用的添加剂清单"收入联邦法典。欧盟由欧盟委员会发布专门指令，这些标准在制定之初就具有法律内涵；还有一些标准由得到法律授权的具体部门来制定和实施，如监测部门的技术要求具有了一定的权威性。

目前，我国对添加剂使用规范和检测方法的研究还很薄弱，致使我国饲料标准体系建设严重滞后，到目前为止我国许多饲料添加剂还没有科学、统一的使用规范，也没有通用性强具有权威性的饲料添加剂和违禁药物的检验方法，这些现实问题都严重影响着我国饲料质量安全监督工作的顺利开展。

我国的各级饲料科研单位和饲料企业应加强对饲料的基础理论和检测技术的研究，建立健全饲料质量标准和检测标准，为饲料质量安全监督工作提供强有力的技术支持。同时要继续鼓励研究开发无污染、无公害、无残留的新型饲料和新型饲料添加剂，生产新一代安全高效和优质价廉的药物饲料添加剂替代品，从根本上杜绝违禁药品的使用。

4.5.5 构建较为完善的信用体制

美国的信用体制建设不仅十分完善，而且威力巨大。美国饲料工业能有整体公平竞争的产业发展氛围，以及能保持持续健康发展的势头，得益于饲料法规的完善和政府的监管到位，但信用体制的建设是关系到饲料安全的另一个重要的基础性的因素，信用有污点的企业和个人在这个社会是难以立足的，因此企业和个人的守法意识较强。

这方面我国的差距还很大。在国内之所以一些不法分子为所欲为地制假贩假，很大的原因就是缺乏社会的监督和信用的约束，他们可以打一枪换一个地方，即使被查处也是交点罚款，事后又继续造假，造假成本太低而利润巨大。

因此，我国也应逐步建立信用体制，虽然目前在全社会推广尚有困难，但可考虑先在业内由权威部门建立起业内的信用体制，对饲料企业和主要从业人员进行信用等级评价，让不讲诚信、制假贩假之人无处可遁。

4.5.6　充分发挥行业协会的作用

美国的饲料协会组织，做到把政府不管的事情承担起来。协会通过收取会费、企业赞助、发布信息、制定标准、创办刊物、联合研究等运作方式，为饲料生产者解决了许多问题，通过对国会和政府的沟通，为行业争取了利益。

在美国，饲料控制官员协会（AAFCO）在实施统一的饲料管理政策方面非常重要。美国联邦政府饲料安全管理的主要部门是食品和药物管理局，各个州也有专门的饲料安全管理官员。美国饲料控制官员协会是介于联邦食品和药物管理局和各州饲料官员之间的一个重要协会。该组织主要职责是详细说明法律和管理规定，给出各种饲料成分统一的名称和定义，并对其标识提出相应的要求。该协会每年出版一本会刊，在其中会提供一份饲料清单以及可以使用的饲料原料清单，供各州官员在管理中采用。饲料控制官员协会虽然不具有执法职能，但可以为管理部门认定某种饲料成分是否合法或是否可以接受，提供指导意见、参考信息和鉴别手段。在联邦和各州的饲料安全管理工作中，饲料控制官员协会具有很强的权威性。

我国的饲料工业协会是联系政府和企业的桥梁和纽带，协会积极协助政府加强饲料管理，组织开展标准化、科技推广和职业培训工作。饲料工业协会帮助饲料企业完善经营机制，提高产业化经营水平，建立饲料企业信用机制，规范企业经营行为，加强行业自律管理。但是，我国的畜牧业饲料业的各种组织，或多或少带有官方和半官方的色彩，为生产经营者的服务体现得还不够充分。因此，政府部门应给协会组织更多的活动空间，使其成为名副其实的行业组织，为我国饲料行业发展发挥更大作用。

第五章

解决我国饲料质量安全管理问题的对策

我国目前已经进入了全面建设小康社会、加快推进社会主义现代化的新的发展阶段，同样，饲料工业也已步入以调整和提高为主要目的的新时期。新的发展阶段的形势为饲料工业的发展提供了广阔的前景，也对饲料质量安全管理工作提出了更高的要求。我们应从饲料管理和监督着手，确保我国饲料质量安全。同时，继续加强饲料法律法规和饲料质量安全重要性的贯彻和宣传，这也是目前饲料行业所关注的焦点。今后的一段时期中，在这一背景的基础下，我国的饲料质量安全管理工作面临着两大任务：一是促进饲料工业的持续健康发展。善于科学利用并且开发各种饲料资源，调整饲料产品结构，积极推进和加快安全优质高效的饲料产品的生产以及代替进口饲料产品的生产，建设符合我国国情的饲料安全生产体系，以满足饲料工业对优质饲料的需求。二是要全面提高饲料产品的质量安全。减少并且最终消除饲料质量安全隐患，从而促进我国养殖业的健康发展，进而提高我国的食品安全水平和保证人类的健康。

5.1 加快饲料法立法，全面提高饲料行业的产品质量安全意识

5.1.1 加快饲料法立法，积极推进饲料法的颁布实行

饲料质量安全监督管理工作同食品安全监管工作一样，是一项长期艰巨的任务，必须做到"有法可依，违法必究"。当前我国饲料法律法规尚不健全，在某些领域还是空白，不能做到有法可依。饲料监督管理体制还未理顺，条块分割式管理表现突出，部门之间还存在着权利不明，职责不清的问题。就整个行业来看，缺乏统一的综合监督管理模式。党中央、国务院提出了"食品药品监管部门要综合监督，组织符合国情民意的食品药品监管机制"，这是新时期党中央国务院对食品药品管理工作提出的新要求。所以，在认真贯彻、执行好新修订颁布的《饲料和饲料添加剂管理条例》的基础上，我们应该加快饲料立法工作，使饲料产品质量安全监督管理工作走上依法管理的轨道。

加快我国的饲料法立法对饲料工业的健康发展意义重大，具有很强的前瞻性。一是有利于提高全社会和各级领导对饲料安全重要性的认识，形成业已在国际社会一致达成的"饲料安全等于食品安全"的共识，促进全社会共同重视抓好饲料安全工作；二是为了满足我国饲料工业持续健康发展的需要，饲料法的颁布实施可以促

进饲料工业的产业化发展，可以对饲料原料、饲料加工、饲料运输、饲料储运、饲料使用等方面的行为进行规范，对发生的饲料质量安全事故的原因进行追溯，从而在制度上解决饲料工业发展过程中出现的新问题；三是为了保障食品的安全，饲料质量安全是饲料产业链中保证畜禽水产品优势和食品安全的必要条件，必须通过饲料法立法建立健全饲料质量安全监管制度和具体方法，才能保障饲料和畜禽水产品的质量安全，解决当前严峻的食品安全问题和畜禽水产品出口频频受阻问题，保障养殖业持续健康发展，增加农民收入，发展繁荣农村经济，提高我国动物产品在国际市场上的竞争力；四是为了提高我国饲料和畜禽水产品在国际社会中的竞争力，我国的畜禽水产品价格在国际社会上具有一定的优势，因此，一些国家利用技术壁垒来对本国的产品实施贸易保护，我国的产品要想突破贸易壁垒就必须有高质量的畜禽水产品；五是构建社会主义和谐社会的需要，加强饲料立法，强化饲料监管工作的法律地位，有利于进一步抓好饲料安全这个食品安全的源头，保障食品安全，向广大民众提供安全、放心的畜禽水产品，关系着社会稳定，具有重大的政治、社会现实意义。综上所述，用饲料立法来推动我国饲料产业的发展和提高饲料产品质量安全，是我国饲料工业参与国际竞争的必经之路。

　　世界饲料工业已经发展了 100 多年的历史，大部分起步早、发展好的饲料大国都制定了本国专门的饲料法规。我国在饲料法立法过程中，要对这些国家的法规进行比较研究从中借鉴吸收，同时要研究国际上通行的做法，在我国实际情况的基础上与其相协调。我国饲料立法还应注意考虑全局，与相关法律相衔接协调，同时要加强与其他相关部门的沟通联络，获得相应的支持和理解，理顺法律法规之间的联系，推进饲料业步入法制化、规范化、科学化管理轨道。

5.1.2　大力宣传饲料法规，提高饲料行业产品质量意识

　　应当广泛宣传饲料业在保障养殖业发展、建设现代农业、推动社会主义新农村建设和促进我国经济社会发展中的战略地位和重要意义，提高全社会对饲料业的认识。要深入宣传饲料工作的成绩和经验，尤其要突出宣传各地的宝贵经验和先进典型。要大力宣传饲料业政策和法律法规，宣传《饲料和饲料添加剂管理条例》及配套规章。要配合《饲料法》的立法工作，做好相关宣传。要发挥新闻宣传的舆论监督作用，对违规企业和坑农害农事件予以曝光，打假扶优。要宣传普及科学饲料配方、健康养殖和饲料安全等知识，增强从业人员的信心和能力。通过宣传为饲料业发展创造良好的舆论环境。

　　我国的《产品质量法》、《饲料和饲料添加剂管理条例》及其相配套的法律法规的颁布实施，为规范饲料行业的生产经营活动提供了法律保证，促进了饲料工业的健康持续发展。各级饲料管理部门应抓住时机，抓紧抓好饲料行业的法律法规宣传工作。重点宣传对象是饲料生产经营企业和动物养殖企业（户）等，宣传内容应着重饲料质量安全工程的意义以及饲料质量安全与人类食品安全的密切关系等方面。

同时，各级饲料管理部门应计划举办各种有关饲料质量控制、饲料与食品安全等方面内容的培训和教育，通过这些培训和教育提高饲料生产者、经营者的质量安全意识、管理方法和业务水平。在饲料企业中树立以质量求生存、求效益、求发展的总方针，通过宣传饲料法律法规，全面提高饲料行业的产品质量意识。将保障饲料质量安全作为对人类健康负责的道德准则和行为规范，自觉遵守有关标准和法规。

5.1.3　饲料安全监督需要动员社会力量的参与

饲料质量安全与养殖产品安全密切相关，同样也与人类身体健康密切相关，饲料产品及相关产品的安全监督应动员包括饲料工业从业人员、养殖场和农户、新闻媒体以及普通消费者等的广大社会力量共同参与，不仅使普通消费者提高了自我保护的能力，同时也督促饲料管理部门改进工作方式方法及其工作作风，从而使全社会对饲料质量安全共同关注。饲料管理部门应通过多种途径和方式，面向社会广泛宣传饲料质量安全法规，要通过公布举报电话等形式，为社会监督提供简单的渠道和必要的手段，向社会各界征询饲料安全问题的线索，以期尽可能地解决暴露出的饲料安全问题；同时要增强饲料管理部门的服务意识，及时回复社会各界的咨询和建议，及时通报有关问题的处理结果；要制定相应的激励措施，对提供重要线索和建议的人员给予表彰或奖励。

5.1.4　加强执法队伍建设，强化饲料质量安全执法工作

法律的生命在于执行。应加强饲料执法装备建设，加强执法队伍建设，努力建设一支政治素质强、法律水平高、业务技能精的专业执法队伍，从组织上保证《饲料和饲料添加剂管理条例》执法工作的顺利进行，不断提高饲料质量安全执法的能力和水平。扎实推进制度建设，不断提高饲料质量安全监管能力。组织力量认真研究与饲料质量安全相关的政策、法律和技术在实践中的问题，针对新情况、新问题，及时提出改进执法、完善立法的意见与建议，不断加强完善法律执行工作。

5.2　完善饲料管理制度，加强饲料监管

5.2.1　完善各级饲料行政管理部门

饲料行政管理部门是搞好饲料质量安全管理工作的基础和关键。邓小平曾指出："全国都要注重搞饲料加工，饲料业要作为工业来办，这是个很大的产业。"这说明了饲料工业是一个大行业，但是，与之不相匹配的是，我国的饲料管理部门行政级别却很低，仅仅相当于一个处室，却要管理一个总产值 4000 亿的工业行业，管理资源明显不足，与我国饲料工业的贡献率和其占国民经济的比重极其不相符。

全国饲料工作办公室主管全国饲料的生产、经营及使用等，各省（直辖市、自治区）饲料工作办公室负责各自地方的饲料管理工作，两级机构各自行使职能。绝大多数省级以下地方饲料行政管理部门（地区级、县级）未建立，因此不能进行有

效的饲料管理工作。由此对饲料生产、经营和使用等方面的管理存在一些盲区，致使假冒伪劣产品时有出现。因此要保证全国饲料质量安全，一方面是加强省级饲料管理部门的建设，另一方面是完善省级以下的饲料管理部门。改善和完善饲料管理体系，建立形成"从国家级至县级"的行政管理架构，进行垂直管理。各级政府必须明确饲料行政执法的具体办事机构，固定专人负责，保证工作的连续性。应向经济监督、行政监督、法律监督和社会监督相统一的管理模式转变。进一步推进饲料业行政管理体制改革，扩大国家饲料安全主管部门的权力和责任，提高其业务指导的权威性，并逐步建立起地区间饲料管理工作相互配合、相互协调的新机制。

5.2.2 进一步完善饲料法律法规及标准

我国新颁布了《饲料和饲料添加剂管理条例》以及生产许可证准文号管理办法、饲料标签管理制度、饲料添加剂品种目录、新品种管理制度和进口产品登记制度等管理制度。以上这些管理制度都是原则性的，需要有针对性的配套规章制度来制定实施细则等，尽快完善配套饲料法规。在这方面，我国应借鉴美国饲料立法的经验，加快制定配套规章，为创造依法行政的饲料行业提供法律依据。美国的管理主体只有一个，加药饲料也按照一部统一的法律来执行。我国虽然也执行一部法规，但执法主体则属于不同部门，这样的情况容易造成执法尺度不一，甚至执法脱节。应加强饲料质量安全标准化工作的国际合作与交流。应围绕饲料质量安全标准体系和行业发展重点工作，加大标准制修订力度。应加强以下几个问题的研究：第一，从饲料原料的生产环节、饲料原料流通环节、饲料生产环节和饲料产品的流通环节等几个方面着手，建立饲料通用性安全标准体系。第二，建立添加剂标准体系。第三，建立饲料监测方法标准体系。通过这几方面的研究，使我国的饲料法律法规及标准体系逐渐与国际标准接轨。

5.2.3 加强对饲料标准化体系的研究

当前构建我国饲料质量安全标准体系的指导思想是：①以适应经济全球化趋势，推动社会主义新农村建设，促进现代畜牧业和现代饲料工业的发展为出发点；②以全面提升饲料产品质量安全水平，实现企业增效、农民增收及饲料产品竞争力增强为目标；③以饲料工业这个产业链条为主线，以饲料生产企业为实施重点，优化我国饲料质量安全标准体系，提高企业的标准化生产水平，建立由国家标准和行业标准为主导，地方标准为补充，企业标准为基础的，覆盖饲料生产全过程，既符合我国饲料生产的实际情况，又与国际接轨的科学、完善、统一且权威的饲料质量安全标准体系。其目的在于重点解决标准间重复交叉、技术内容落后及标准短缺等问题，加快建立既符合我国饲料工业的国情，又与国际接轨的科学、完善、统一且权威的饲料质量安全标准体系。按照标准体系框架，逐步开展制（修）订工作，不断提高我国的饲料产品质量安全水平和市场竞争力，促进现代畜牧业和现代饲料工业的健康发展。

我国饲料行政管理部门应尽快研究和制定饲料工业标准体系,使其与国际饲料行业接轨。尽快修订和完善饲料卫生强制性标准,以提高饲料原料和产品质量标准;要重点扶持一批饲料科研机构作为国家级骨干,加强科学研究,增加技术储备,从而加强饲料标准化体系基础研究,为各类饲料标准体系建设提供必需的支持。加强对饲料标准化体系的研究,主要是要做到:第一,随着社会的不断发展,分工越来越细,学科越来越多。标准既然是科学技术的载体,标准化是产业化的基础,那么,标准化也应成为一个相对独立的边缘学科。因此,应深入研究标准化的基础理论及应用理论等、研究世界各国饲料工业标准体系的发展状况、研究我国饲料工业标准体系如何与国际接轨等内容和问题,对指导当前乃至今后开拓标准化工作的深度和广度都有重要意义。第二,要开展标准专项研究,技术标准的制定必须建立在科学研究的基础上,在设定标准专项时,需考虑近年来重大科技研究项目情况。要加大管理体系、操作规范、检测方法和产品质量等方面的研究投入,拿出成熟的技术,然后转化成技术标准。第三,应加强对现代食品安全管理体系方面的研究,如 GMP、HACCP、SSOP、GAP 风险评估等,使各项标准和技术进行集成,贯穿于产业链的全过程,实现在整个生产过程的标准化。

5.2.4 加强饲料标签实施的管理

饲料标签是生产企业合格产品的重要标志,一方面是饲料生产企业对其产品质量的承诺,另一方面又是监管部门对企业进行监管的必要形式。饲料标签备案是饲料生产企业向监管部门提供所需证件经审核合格后获取《饲料标签核准证明》的过程。正是由于标签多年来不规范,表现形式五花八门,所以才必须进行备案,经审定合格后才准予执行。

各级饲料管理部门在标签备案时,一是检查标签备案表是否填写正确。二是检查所提供的材料是否齐全,一般要求企业提供《饲料生产企业审查合格证》或《动物源性饲料安全卫生合格证》或《饲料添加剂生产许可证》复印件、饲料或饲料添加剂形式检验报告、企业产品执行标准、标签印刷单位资质证件复印件及印刷合同即可。三是检查标签样件是否符合 GB 10648—1999 的《饲料标签标准》,依据该标准,要严格审查标签是否都列示《标签标准》中的"本产品符合饲料卫生标准"、饲料名称、产品成分分析保证值、原料组成、产品标准编号、使用说明、净重或净含量、生产日期、保质期、生产者的名称和地址、生产许可证和产品批准文号等内容,首先不能缺项,其次是要符合《标签标准》要求,含药物饲料或饲料添加剂一项中最容易遗漏药物含量、配伍禁忌和停药期信息。四是检查提供的检测报告是否是形式检验报告和是否具备时效性。五是检查标签所列的产品成分分析保证值是否与所执行的标准一致,这是标签备案的重点。在配合料产品成分分析保证值一项中,很多企业把配合料、浓缩料及精料补充料混为一谈,实际上是有区别的,配合料只涉及粗蛋白、粗纤维、粗灰分、钙、总磷、食盐、水分和氨基酸八大指标，而浓缩料与精料补充料除此之外还包括主要微量元素和维生素等指标。在《标签标准》没有明确列示产品成分分析保证值的饲料和饲料添加剂、营养性和非营养性添加剂等以其所执行的标准为准，要在其标签上明确标示其标准所执行的营养（或含量）及质量指标。一般有利的指标用"不低于"表示，不利或有害的指标用"不高于"表示，钙、总磷、食盐用幅度范围表示。在检查时要严格将标签的各项指标与企业执行标准一一进行对照检查，发现错误要予以纠正，"大于或等于"的就不能"小于"，"小于或等于"的就不能"大于"，在某种范围内的就不能在其范围外。六是检查企业执行的标准是否已经进行备案，主要看其是否有技术监管部门的印章或骑缝章。标签备案有利于企业规范生产，同时便于监管，只要随机抽取任意一个样品检测，依据标签标识，同时对照《标签标准》与所执行的企业标准即可判定其被抽样产品合格与否。

各级饲料管理部门和饲料质检机构应当加强对企业饲料标签的指导和监督工作，采取各种措施规范饲料企业标准的制定，并且通过一定的措施规范饲料标签的编制，通过主动参与和配合他们的审查工作，积极争取质量技术监督部门的支持，落实企业的管理和监督工作。

5.2.5　健全市场准入制度，鼓励饲料企业进行 HACCP 等认证

HACCP 管理是保证饲料和食品安全面对生产全过程实行的事前、预防性控制体系。HACCP 是国际上公认的食品安全卫生保证体系。该体系已被许多国家采纳，并将其作为强制性管理模式加以推行。在饲料生产企业中建立 HACCP 体系，可以控制饲料生产企业在饲料原料的接受、饲料加工过程以及饲料产品的各个环节方面的安全。HACCP 体系是饲料质量安全管理的重要组成部分，同时也是提高饲料质量安全的战略性措施。推行 HACCP 管理是做好我国饲料安全管理工作的需要。因为我国饲料管理实行的是事后监督制度，所以迫切需要饲料生产、经营企业加强事前管理，建立企业安全管理档案，消除各种安全隐患。只有这样才能降低饲料管理部门事后监督成本，提高监督成效。

FAMI-QS 体系在整个欧盟得到普遍认同，被欧盟各方面一致评价为现行解决饲料安全控制的最佳方法。FAMI-QS 体系，对全球的饲料添加剂的生产和市场有着意义非凡的影响。

我国饲料管理部门应当积极鼓励并且指导饲料生产企业进行 FAMI-QS、HACCP 体系的认证，时机成熟时应把 FAMI-QS、HACCP 体系的认证作为饲料行业的准入条件，纳入饲料法中。这对提升企业质量安全管理水平、与国际相关法规接轨、增强饲料产品与动物养殖产品有着非常重要的意义。应鼓励质量安全工作基础较好的企业积极组织申报认证，大力培育具有市场前景的饲料名牌产品企业，提高饲料产品的市场竞争力。

对饲料添加剂和添加剂预混合饲料生产企业，要严格按照《产品批准文号》和《生产许可证》的审批制度来管理。要严格按照国家有关规定审查单一饲料、浓缩饲料、配合饲料和动物源性饲料生产企业，只有在这些企业符合要求时才能准入，尤其要管理小型季节性的饲料生产企业。

建立严格的市场准入制度，包括饲料加工企业市场准入制度，饲料、饲料原料、饲料添加剂产品准入制度，饲料行业从业人员市场就业准入制度等，并通过政府立法的形式使其形成一种行之有效的长效机制。建立饲料加工企业市场准入制度就是要提高饲料加工企业进入市场的门槛，允许有规模、有技术实力、信誉度好、产品质量安全过硬的企业进入市场参与竞争。建立饲料产品市场准入制度，就是要建立统一的饲料、饲料原料、饲料添加剂认证评价标准，对合格产品赋予特定标识，作为进入市场的通行证。建立饲料行业从业人员市场准入制度，就是要对饲料行业从业人员进行岗前培训，通过对相关饲料法律法规的学习和职业道德再教育，使其变成合格的行业从业人员，并持证上岗。总之，建立长期有效的市场准入制度，不仅是构筑社会主义市场准入平台，完善我国社会主义经济制度，充分发挥市场在资源配置中基础性作用的重要举措，而且是维护我国饲料产品与畜产品安全，推进我国饲料产品与畜产品进入国际市场的重要举措。

5.2.6 建立饲料安全性评价制度

饲料是众多病原菌、病毒、毒素的重要传播途径；农药、兽药、饲料添加剂等物质可通过饲料和饲养过程残留在畜产品中对人体产生危害，大气和水中的有害物质可通过食物链进入畜禽体内，再通过畜产品进入人体，所以，人是饲料中所有有害物质的终端富集者。饲料的安全性评价是对饲料中的毒性物质进行监测和评价，可及时发现和清除有害物质，不仅可防止动物中毒，食品污染，还可阻断毒物经食物链进入人体，保障人民的身体健康。随着人民生活水平的提高，消费者对畜产品品质的要求提高，对饲料安全问题日益重视；畜产品中有害物质残留的日益严重，已逐渐引起政府和社会的高度关注。加强饲料的安全性评价是我国畜牧业可持续发展的需要。随着畜牧业和饲料工业的迅速发展，我国的畜牧业生产已从短缺状态转变为过剩状态，在新形势下我国畜牧业面临着畜产品质量低下、药残超标、出口受阻、细菌耐药性、环境污染等严重问题，而这些都与饲料的安全性密切相关，因此加强饲料的安全性评价是关系我国畜牧业能否健康、持续发展，甚至是关系生死存亡的大事。

饲料质量安全的一项重要工作是建立饲料安全性评价制度。对饲料资源和新开发的饲料做好安全性评价，迫切需要建立高效的饲料安全性评价制度及高素质的评价团队。解决这些饲料资源及新饲料品种可能产生的毒性，处理好饲料卫生问题。通过这一评价制度的建立可以了解我国饲料中非安全性因素及其形成的主要原因，同时，可以通过研究了解饲料中非安全性因素在畜禽体内蓄积和畜禽产品中的残留情况。

建立多角度、全方位的饲料质量安全监控测报评价系统，就是要对现行流通的饲料产品实行实时跟踪和监控，定期对当前流通的饲料产品整体质量安全状况作出连续动态测评报告，及早发现可能存在的问题，并提出预防和解决问题的方案，作为政府宏观管理的依据。

5.3 完善饲料质量监测体系

我国饲料质检机构的组成部分是以2个国家级饲料监测中心为龙头，8个部级饲料监测中心为主体，22个省级饲料监测所和地、县级饲料监测站为网络。国家级饲料检测中心、部级饲料检测中心和省级监测所，基本上都已通过同级技术监督局的审查，以及计量单位的认可，获得了饲料质量监督检验工作的授权。饲料安全离不开饲料质检机构的技术支撑。

5.3.1 饲料质检机构的统筹安排

各地饲料管理部门的体系建设应获得饲料主管部门在政策上的指导，饲料主管部门可以用二三年的时间分阶段逐渐建立起一个完整的全国饲料质检体系。应当以省级饲料质检机构为中心，建设省级饲料质检体系，同时健全地市级、县级饲料质检机构。

在各级政府和农业主管部门的高度重视下，目前我国已初步形成以国家级饲料检测中心为龙头，部、省级饲料监测中心为骨干，地、县级饲料监测所（站）为补充的全国饲料质量检测网络体系；该体系管理达国内先进水平，饲料质检专业机构均通过了国家或省（市）计量认证和复查认证；人才队伍不断充实，一批技术骨干正在逐步形成；检测范围比较全面，目前可承担230多个饲料组分项目或参数的检验，基本覆盖了饲料中所有固有和添加的成分及部分违禁药物；工作范畴逐步扩大，参与检测方法的修订，配合行政主管部门开展违禁药物的市场抽检和查处，承担推进饲料标准化生产等工作。

饲料质检机构在饲料和动物产品安全监管工作中发挥着越来越突出的作用，主要有：提供饲料质量安全信息，为政府制定监管措施提供决策依据；开展质量监检，为各级行政主管部门规范市场、规避畜产品出口的技术壁垒提供证据；开展安全风险评估，为建立质量安全预警机制提供先期资讯；开展检测方法特别是违禁药物检测方法的研究，为打击违禁药物的使用提供技术储备；开展安全生产技术培训，为企业建立健全防范措施等。因此，饲料质量检测体系已逐步成为"质量评议、技术服务、人才培训、技术规范制定和市场信息服务"一体化的多功能服务性部门。

5.3.2 质检机构的自身建设

强化基础设施和环境建设。对于许多饲料质检机构来说，现有的基础设施和环境已不能适应检测工作的需要，应积极争取各级财政支持，在原有基础上进行改造或择址新建。对于新建实验室，在前期的规划设计上更应充分考虑到影响质量的各个要素和未来业务范围拓展的需要，统筹兼顾，合理布局，做到设计一步到位，为今后事业的发展和自身生存创造良好的硬件基础。

强化仪器设备的配备和管理。仪器的配置应根据开展的检测对象和检验方法来确定各类检验器具的型号和精度，根据检验项目和频率来确定各类检验器具的配置率。既要满足正常的检验的需要，又要保证仪器设备有足够的先进性；既要考虑手动和自动仪器的搭配，又要考虑国产和进口仪器的组合；既要考虑主机及主要附件的配置，又不能忽略易耗品和专用试剂。要避免目前仪器设备的配置注重大型、高档和自动化程度较高的最终检测仪器的配置，而忽视样品前处理设施配套的误区，防止因复杂繁琐的样品前处理过程影响检验速度，导致大型仪器的利用率不高，且因样品前处理过程的损失、污染和重现性差而直接影响检测结果的正确性。

强化信息网络管理。实验室网络信息管理系统把信息技术与实验室现有的质量管理体系相结合，通过优化实验室的业务流程，填补管理"漏洞"，精简运作环节，实现各部门间信息共享以及实验室与客户间的双向信息交流，提高工作效率和服务水平。

5.3.3 科学管理质检机构，建立饲料质量安全监测制度

目前饲料中安全隐患较多，饲料质量不安全的问题还很多。饲料质检机构的重要职责是有必要地坚持开展饲料安全监测，并且在近期时时保持高压态势。当饲料工业缺乏有效监管时，市场上就会出现一些违禁药物的使用。因此，只能不断地加强对饲料的监测。

加强技术培训，提高人员素质。一是要对各类工作人员从任职资格上给予条件限制，明确规定资格条件，从制度上避免不符合要求的人员进入。二是检验人员的配置，既要根据实验室承担的检验检测任务情况，又要考虑检验操作的复杂程度和仪器的技术含量，做到合理配置。三是制定近、中、远期培训计划，对各类人员进行与其承担的任务相适应的教育和培训，培训内容除实验理论与操作、仪器维护与保养等专业技能外，还应包括工作职责、标准和制度掌握程度等。检验人员业绩考核的标准不仅应包括检验的数量上，更要考虑检验质量和定期开展的对比实验结果。实行培训考核合格后持证上岗。

规范检验工作行为，保证工作运转程序化。实验室检验工作程序是整个质检实验室管理的重点之一。检验样品的采集，必须具有代表性、有效性和完整性。检验过程的控制，重点要对检测过程的环境因素（如温、湿度要求）、标准资料等都进行认真核对，经常做好比对试验和参加国内外有关机构组织的能力验证工作，以增加检测结果的准确程度。检验报告的出具，要做到"三级"审核制度，要求准确、简练、规范，不能有误。

实施有效的内审和管理评审，纠正质量管理的偏差。管理评审是检验机构的管理者对质量体系的适用性和有效性进行的评审，内审是机构中受过培训并具有资格的人员对质量体系的符合情况进行的审核，二者的目的是为了发现质量体系存在的缺陷和工作中质量体系的偏离情况。两种评审每年至少进行一次，当质量体系运行中发现明显的缺陷或错误时，应立即进行评审或内审。

重视客户的抱怨，提升管理水平。检验机构应建立抱怨处理程序，对委托方或其他单位和个人提出的意见主动收集、记录和处理，通过认真科学分析处理，采取合适的纠正措施和预防措施，对不符合情况进行改进，不断提高质量体系运行的有效性和公正性，降低质量管理的成本。

5.4　建立饲料质量安全预警系统

5.4.1　建立饲料质量安全预警系统

食品生产的科技含量日益复杂和食品供应的全球化使得食品供应消费的安全性成为一个日益突出的问题。21世纪，食品供应面临的一个主要挑战就是提高食品的安全性，将危险降到最低。一个快速的食品安全预警系统对促进食品的质量安全具有有益的作用。然而，食品从生产到消费全过程漫长复杂，现有的一些预警系统各有其不同的目标和范围，信息覆盖面有限，综合利用非常困难。如何使预警系统覆盖到食品链的全过程，实现预警的系统性和连贯性，这是食品安全预警的一个难点。欧盟的食品和饲料快速预警系统在这方面已迈出了成功的一步，它将触角延伸到整个食品和饲料，及时公布食品安全突发事件，确保消费者和贸易组织获得适当的信息，同时保持与其他快速信息系统的连接，对中国建立饲料预警体系建设有一定的启示。

欧盟早自20世纪70年代后期就开始在其成员国中间建立快速警报系统，各成员国有责任在消费者的健康遭受严重风险时提供信息。在法律上，只有在确认问题产品可能投放到本国领土之外的市场情况下，成员国才有义务进行通报。然而，由于市场变得更为一体化，确定某一产品是否出境的难度也日益增加。

正是在此背景下，欧盟于2002年对预警系统做了大幅调整，实施了欧盟快速警报系统，欧盟食品和饲料快速预警系统（Rapid Alert Systemfor Food and Feed，RASFF）即为其中之一，它是一个连接系统各成员国食品与饲料安全主管机构、欧盟委员会以及欧洲食品安全管理局等的网络。所有参与其中的机构都建有各自的联系点，联系点彼此联系，形成沟通渠道顺畅的网络系统。这个系统的主要目标是保护消费者免受不安全食品和饲料危害。系统及时收集源自所有成员的相关信息，以便各监控机构就食品安全保障措施进行信息交流。RASFF的法律依据是欧盟指令第178/2002号。此指令对欧盟的食品法规制定了一般性的原则和要求，建立了欧洲食品安全机构并规定了食品安全事务的管理程序。根据该指令第50条规定，

RASFF 是一个涵盖欧盟 25 个成员国，欧洲经济区的挪威、冰岛和列支登士敦，欧盟委员会及其健康和消费者保护总署、食品安全管理局（EFSA）、欧洲自由贸易联盟（EFTA）食品监督局在内的巨大网络。与过去相比，调整后的预警范围扩大，包括了动物饲料和边境检查站网络，因为饲料的原料来源与加工等对食品安全具有潜在风险。这实际上是对欧洲过去一段时期频频暴发严重食品安全危机的回应。

RASFF 的建立为系统内成员国食品安全主管机构提供了交流的有效途径，促进彼此交换信息，并采取措施确保食品安全。任何一个成员国主管机构发现任何与食品以及饲料安全有关的信息后都会上报委员会，委员会将进行判断，必要时将此信息传达至 RASFF 网络下其他成员。在不违反其他欧盟规章的前提下，系统各成员国主要通过快速预警系统向委员会迅速通告如下信息：

（1）各国为保护人类健康而采取的限制某食品或饲料上市，或强行使其退出市场，或回收该食品或饲料，并需要紧急执行的措施。

（2）由于某食品或饲料对人类健康构成严重威胁而旨在防止、限制其上市或最终使用，或旨在对该食品或饲料的上市和最终使用附加特别条件，并需要紧急执行的专家建议或一致意见。

（3）由于涉及对人类健康的直接或间接威胁，欧盟内边境主管机构对某食品或饲料集装箱或成批运输货物的拒收情况。

中国的食品和饲料预警工作是近些年才出现的。目前，还缺少完整相应的食品及饲料的预警系统和完善的预警机制。RASFF 在以下几个方面对中国的饲料质量安全预警系统具有一定启示，值得进一步关注和研究：

第一，在建设食品及饲料安全预警体系的过程中，要加强对整个食物链综合管理的指导思想，强调系统性与协调性，对食物链所有环节加强关注，把质量安全过程控制理念贯穿其中。

第二，将风险的概念引入管理领域，强调预防为主的重要性。加强相应的食品和农产品安全预警与快速反应体系建设，通过快速预警系统，实现风险管理。

第三，依法保证科学分析与信息交流咨询体系的建立并保持独立性，强化现代信息网络技术的作用，提高信息搜集的客观性、准确性，实现有效的风险交流，保证管理决策的透明性、有效性，加强消费者对食品安全管理的信心。

利用饲料管理部门的监督作用和饲料质检机构的检测方法，建立一套符合中国饲料工业发展的饲料质量安全预警系统，经常性对饲料原料、单一饲料、浓缩饲料、配合饲料、饲料添加剂等进行监测，如果一旦发现饲料质量安全问题，应当立即组织饲料质检机构对饲料进行大规模的监督抽查。建立饲料质量安全预警系统的关键是符合饲料业和养殖业发展的需要，对目前发现的能引起饲料质量重大安全问题的关键因素、违禁药物和饲料卫生指标等进行严密的监控。

建立饲料安全预警机制，就是要加强饲料产品的风险性研究，对潜在的危害物质进行试验和研究，将实验结果及时向社会公布，引起人们的足够重视。建立多角度、全方位的饲料质量安全监督监控测报评价系统与饲料质量安全预警机制，就是要建立起以政府主管部门为领导，广大饲料质检机构与科研院校为主体，广大人民群众与新闻媒体共同参与的监督网络防控体系。要依此为监督管理的平台，鼓励人民群众检举揭发不法分子和不法行为，并对不利于饲料产品质量安全的不法行为给予相应的惩处，使不法分子无机可乘，还社会一个合理有序的市场竞争环境。

5.4.2　对饲料质量实行全程监管

　　饲料和饲养环节对畜产品的安全存在的影响很关键。以前，我国的饲料质量安全工作大部分是进行事后监管，这时候往往已经出现问题，虽然也可以打击违反饲料质量安全的行为，但无法消除安全隐患。近来，在一些发达国家的饲料安全监管工作中，将加强饲料质量风险控制、对饲料原料、生产、经营和使用等环节实行全程监管作为重中之重。因此，我国饲料质量安全监管也应当逐步迈向源头监管的方式，强化源头管理与生产监控，加强饲料全程质量安全监管，强化饲料安全监管手段。政府应加强对单一饲料的监管，将不在农业部监管范围中、无标签标准的原料加入饲料行业的单一饲料中实施标签管理。

　　要不断总结整治工作，查找薄弱环节，加大工作力度，继续强化饲料质量安全监管。要加强生产环节监控，加大对饲料生产企业的检查频次，对其产品和使用的蛋白原料进行抽样排查；要重点加强饲料原料监控，凡列入行政许可范围的饲料原料，生产企业必须取得相应许可证号并附具标签，严禁饲料企业使用无证企业生产的饲料原料，未取得证号的饲料原料生产企业，要尽快向当地省级饲料管理部门备案，并取得相应许可证号；要加强饲料经营环节的管理，对饲料经营店（户）进行全覆盖拉网式排查，不符合经营条件的坚决取缔，发现"三无"饲料产品依法立即查处；要强化养殖环节自配饲料监管，对养殖场（户）进行全面走访检查，严格监控自配饲料和外购蛋白原料质量安全。要建立饲料生产、经营和使用监管环环相扣、紧密相联的饲料质量安全监管体系，真正实现饲料质量安全可控。

5.4.3　建立饲料企业安全信用管理制度

　　作为饲料质量安全的第一责任人，饲料企业应当加强企业信用体系建设。消费者对饲料企业的产品质量安全信用进行社会监督。政府管理部门结合日常监管、市场准入、质量检测、案件查处、举报受理情况等建立饲料安全信用管理数据库，并确立饲料企业质量安全信用等级，对饲料生产、经营企业实行分类管理。对长期守法诚信企业要给予宣传、支持和奖励，如在延长许可、例行监测等方面给予便利，建立长效保护和激励机制。对违反饲料安全管理制度、制假、售假等失信企业，实行重点监控，采取信用提示、警示、公示取消从业资格等方式限期召回产品及其他行政处罚方式进行惩戒；对严重失信的企业，要终身取消其从业资格；构成犯罪的，依法追究刑事责任。要充分发挥大型龙头企业在质量安全方面的示范带头作用，切实加强对它们的指导、支持和服务，督促其依法建立质量安全管理制度，健全饲料质量安全控制体系。

5.4.4 加强对自配饲料的监管

我国养殖场自配饲料的管理亟须加强。目前我国大型养殖场多数使用自配饲料。我国传统散养的畜牧业养殖方式将在一定区域内长期存在，自配饲料也将长期存在。部分地方存在着自配饲料经销户或门面，在质量方面存在着很大的安全隐患，查处的难度也非常大，是安全监管上的一道薄弱环节。自配饲料安全监管应是饲料安全管理的重要组成部分。美国、加拿大等国家对于自配饲料管理有明确的规定，且十分严格。我国饲料管理部门应加强对这些饲料产品的监管和执法，一是要备案登记掌握情况，二是要严查原料、饲料药物添加剂的使用情况，对不符合要求的产品一律要查处。

5.4.5 加大对违规饲料企业的处罚力度

各级饲料管理部门和各有关部门应当执行《饲料和饲料添加剂管理条例》，严格担负起饲料管理和监督的职责。并同公安、工商、质检等行政主管部门，坚决查处在饲料原料、生产、经营和使用等各个方面添加违禁药物的不法行为。加大对违规饲料企业的处罚力度的目的是督促饲料企业生产、经营和使用合格的饲料和饲料添加剂产品，促进饲料产品质量安全的提高。对于有安全隐患及生产不合格饲料产品的企业，要责令其停产整改，并进行后续的跟踪监测。对于使用违禁药物以及发生重大质量安全事故的饲料企业，取消其生产和经营资格，并且依法追究有关责任人的法律责任，使监督检查真正地落到实处。

开展各种专项整治工作，在专项整治过程中，要强化执法，彻底清理饲料市场，规范饲料生产、经营和使用行为。对专项整治期间发现饲料质量安全问题的，要依法从严、从重、从快处理，绝不姑息迁就。要坚决查处饲料生产和使用中违法添加三聚氰胺等有害化学物质的违法行为，情节严重的要及时移交司法机关。要建立举报投诉制度，发挥社会监督作用，设立举报电话。

各级畜牧饲料管理部门要将打击三聚氰胺源头作为整治工作的重中之重，决不姑息迁就。要加大查处力度，发现线索、追查到底，摸清问题饲料产生的原因和销售渠道出现问题的每一个环节，向饲料原料，特别是蛋白饲料原料及上游（如酿造工业副产品）追根溯源；坚决打掉生产黑窝点，铲除销售黑网络，有效切断三聚氰胺流入饲料行业的途径。要加强与公安、质检、工商等部门的沟通和协作，联合查处大案要案；省级饲料管理部门要及时通报跨省案件调查情况，主动提供准确、翔实信息，为相关省溯源工作提供支持，形成多部门、跨地区联手打击三聚氰胺问题饲料的合力。对跨省销售人为添加三聚氰胺饲料原料的案件要做到件件有落实，件件有结果，件件有反馈。各级畜牧饲料主要负责人要高度重视案件查处工作，亲自参加重大案件调查处理。农业部亲自督办重大案件查处工作，对畏难推诿、态度不认真、查处不力的部门和责任人给予通报批评。

5.5 培养高素质科技人才队伍，加强饲料安全科研工作

饲料质检机构的一大重要任务是饲料科学研究工作。饲料科技人员要认真贯彻执行国家饲料质量安全法规，饲料科研工作首先需要研究饲料质量安全的课题。饲料安全科研工作对促进饲料质检机构检测水平和提高检测人员素质等方面作出了基础性的研究。国家级和部级机构质检机构培养了高素质的人员，从而增强了质检机构的核心竞争力。

5.5.1 研究饲料安全质量控制技术

通过对饲料原料、生产、经营和使用等方面的研究，建立饲料质量安全控制程序和可利用的饲料质量安全控制技术。这一技术的重点是通过加强建设饲料企业质检机构和建立质检制度，有效监控饲料的安全性，最终实现消除饲料安全隐患的目的。

发展饲料安全质量控制技术。开发和推广安全、无污染、高效的饲料品种以及安全高效、质优价廉的天然药物饲料添加剂替代品。发展饲料安全配置技术。不断改进饲料的加工工艺和设备，降低饲料中有毒成分残留。

5.5.2 开发新型饲料

饲料工业的发展迫切需要科技的进步。饲料工业的发展要支持并且引导饲料生产企业加大在饲料科技方面的投入，鼓励饲料企业与科研单位相结合，降低企业自行研发的成本，联手研制低成本、低残留、高效能的新的饲料添加剂；共同研制出无公害、无污染的新的饲料配方，鼓励采用有益于环境和食物安全性的饲料生产技术，阻止有害物质进入人类食物链。加强环保型技术的研究，促进生产与环境的和谐发展。生产安全的天然植物饲料添加剂代替物，从而做到杜绝使用违禁药物。饲料工业的发展迫切需要将这些开发出来的新型饲料用于动物养殖业中去。

据专家预测，2030年我国人口将达到最高峰16亿时，粮食的总需求量为7.43亿吨，超过目前生产能力的50％。同时耕地面积进一步缩小，大约只有现在的80％。虽然有关专家指出，通过增加复种指数和利用科学技术提高单产，我国粮食产量在2030年可望达到7.1亿吨，但这仍存有明显变数。到2010年、2020年、2030年我国粮食原粮需求的38％、43％、50％将用作饲料。可以说，21世纪中国的粮食问题，实际上是解决养殖业所需的饲料粮问题。

针对我国饲料资源严重短缺的现状，通过调查我国饲料资源存量，集成我国常规能量、蛋白质饲料资源替代技术和非常规饲料资源开发利用的关键技术成果，建

立我国新型饲料资源开发与产业化示范的技术体系，提高我国常规和非常规饲料资源的开发利用水平，增加安全、高效饲料原料供给，以缓解我国饲料资源短缺是我们今后的主要工作任务。

高效技术的应用将为解决我国饲料资源短缺提供有力的帮助。利用微生物发酵工程和基因工程等生物技术手段，筛选脱除有毒有害物质、提高 NSP 和蛋白质消化利用率的单一或复合菌株，建立节能型发酵工艺和装备，生产新型生物饲料。同时根据传质传热原理，应用机电一体化技术、节能技术（如不同能源形式）、通风技术等，开发高效节能的新饲料资源干燥技术，研制成套装备，攻克各种资源干燥技术的应用难题。

5.5.3 完善饲料安全性检测技术

随着饲料工业和生物技术的发展，应用生物技术开发出的饲料及添加剂产品日益增加。如何安全而有效地使用这些产品，防止假冒伪劣产品给饲料生产及养殖业带来危害，其配套的检测方法及标准是必要的。国内外对这类产品的检测方法研究已取得较大的进展，并广泛地应用了现代分析仪器和手段。

目前我国已经初步建立了饲料中卫生指标、常规营养指标、微量元素以及一般性饲料添加剂的检测方法。目前建立的这些饲料质量安全的检测方法还远远不能满足人类对饲料安全性的要求，需要尽快完善安全性检测技术。进一步完善饲料中违禁药物和新型饲料添加剂的检测技术要使用高精尖仪器设备。还要研究饲料中有毒有害物质的快速检测技术，以便于完善饲料质检机构和饲料生产企业对饲料安全性的监控。为了适应饲料新技术新产品的开发和应用，有必要开展相应的配套检测技术及标准的研究，以提高产品质量，保证饲料工业健康快速发展。

5.6 完善我国饲料企业质量安全管理制度

5.6.1 树立正确的产品质量意识

饲料产品的质量很大程度取决于饲料企业对饲料质量问题的态度和做法。只有在饲料企业中树立正确的质量意识才能比较科学合理地分析和解决饲料产品的质量问题。要用强烈的质量安全意识来减少甚至消除质量控制的各个环节的质量隐患，以确保饲料产品质量的长期稳定。

加强质量道德意识。质量道德是产品质量的灵魂，质量道德管理被视为质量经营体系的一个重要因素，实行企业内部的质量道德管理，使每一位员工的劳动行为始终处于道德动机的驱动之下，有效地激发企业全员的质量意识和工作积极性，保持健康的劳动道德心理——不只是把工作当成是谋生的手段，也看成是精神的需求、看成是获得价值满足的主要手段。确立"质量第一"的核心价值观，把"质量就是生命"、"靠质量求信誉，向质量要效益"作为一种企业生存观念融化在职工的头脑中，并以此倡导整个企业的经营行为。在激烈的市场竞争中，一个企业需要有市场竞争意识、开拓进取意识、科技经营意识、改革创新意识和团结作战意识，但紧密结合企业生产经营过程，决定企业兴衰存亡首当其冲的还是质量意识。

5.6.2　充分发挥质量管理认证体系的作用

在饲料企业内部大力推行 ISO 9001 国际质量管理体系及 HACCP 体系，能够使饲料企业建立系统化全面的质量管理体系，规范和标准饲料企业内部的各个岗位工作，使企业经营的各个环节的工作不会出现太大的问题，进而实现质量的长期稳定，在饲料企业中充分发挥质量管理认证体系的作用。

在建立完整的质量体系过程中，要求企业科学的设置机构，明确各职能部门的职责权限，保证组织机构的高效运转；合理设置岗位，配备符合要求的人员，提高工作效率，投入所需的资金，加强质量和成本管理，取得良好的经济效益；制定各项业务工作程序和工作标准，促进规章制度的建立健全。由此可见，质量体系的建立过程也是企业各项管理工作开展的过程。一个企业建立和实施质量体系的基本指导思想就是确保影响产品质量的技术、管理和人都处于受控状态，并对每一个过程开展的活动进行分析，确定采取有效的控制措施和方法，预防不合格。这就使得企业采购、生产、销售、人力、检验等各项业务做到行为到位、制度健全、程序规范，促进企业职能部门严格各自的业务管理，做到既相互支持又相互监督，既满足顾客需要，又能保证供方经济利益。

5.6.3　开展质量文化建设，提高从业人员素质

培训和教育是企业发展的一个永恒主题，质量意识的提高需要通过各种方法培养。只有不断加强质量意识，才能使员工自觉地把自己的工作同企业产品质量、成本、效益及顾客利益联系起来，尽职尽责地做好各项工作。加强对管理人员、特殊工序检验人员、操作人员的培训，要特别注意对骨干力量和后备力量的培养。一支质量意识高、责任感强且训练有素的职工队伍，是企业质量管理体系持续有效运行最重要的资源保证。饲料企业应规范企业内部的管理制度，避免由于人员的流失而造成产品质量不稳定。目前我国有饲料企业超 1.47 万家，从业人员约 57.1 万人。我国的饲料企业必须加大质量文化建设的力度，开展认同培训，使企业员工形成共同的质量价值观。一方面针对 FAMI-QS、ISO 9000、HACCP 标准体系知识进行培训，加深企业员工对标准知识的理解和掌握；另一方面是进行企业管理体系的策划，运用 FAMI-QS、ISO 9000、HACCP 的管理原理控制综合管理体系的设计质量，从而保证管理体系建立和维护的质量。在饲料工业三十多年的发展过程中，从业人员的数量与素质发生了显著的变化。最具代表性的就是以专业知识和专项技能见长的动物营养、原料采购、市场营销以及以畜牧兽医专业为主的员工。

通过内部报刊、信息园地、广播以及板报专刊、有线电视等文化传媒加强对全

体职工质量意识、质量管理的宣传教育，增强他们的质量意识。通过公关活动、户外广告、企业形象手册、ISO 9000 质量贯标等载体及形式，把企业质量方针、企业精神、质量文化及深层内涵根植于职工头脑中，形成全员质量意识和全员质量行为，以超越型的质量文化战略来赢得市场。加大饲料产品质量安全相关法律法规的宣传教育力度。我国幅员辽阔，畜禽养殖业的结构和种类分布不均，饲料加工业的发展也不平衡，从事这类行业的人员素质参差不齐。由于饲料在生产、经营、运输过程中的环节太多，这就要求从事饲料生产、经营、管理和从事畜禽生产和养殖管理的人员要有一定的素质。我国 80％的畜禽养殖业与饲料企业分布在农村，肩负着为社会提供肉、蛋、奶及饲料产品的重要任务，所以要使饲料产品和畜产品无质量安全事故发生，就必须提高农村广大养殖户的法律意识，培养正确的职业道德观。通过集中培训和再教育的形式，使他们变成绿色畜产品生产的忠诚卫士，并使这种行为变为自觉。

5.6.4 加大饲料原料的质量控制力度

饲料原料质量是饲料企业产品质量的源头，在饲料产品营养成分及质量差异的原因中，有大约 40％～70％是来自原料质量的差异。若饲料的原料质量得不到有效的控制，生产出的饲料产品在市场中就没有竞争力，饲料企业要使自身的产品具有竞争力，必须做到饲料原料质量控制。这就要求在饲料原料采购和接收的过程中，应当由质检部门独立行使检测和监督职能，必要时采用一票否决制，坚决杜绝不合格饲料原料进厂，加大对饲料原料的控制力度，将影响饲料产品质量的源头控制住。

饲料原料的质量控制是整个饲料质量控制体系的基础，是养殖企业效益的有力保障，应该引起养殖户足够的重视，并将其放在极其重要的地位。

（1）进货渠道的控制 可控的渠道来源应该是第一位的，它比具体的检验更加重要。尤其有很多原料并不能实现全项检验或检验困难时。如：沸石粉的微量元素含量、吸氨值；进口鱼粉的纯度；磷酸氢钙是否掺杂磷酸三钙；鱼油中是否掺入其他植物油；维生素的包膜质量等。因此，一定要十分注意供货渠道的选择，建议技术、采购等多部门协同确定，尤其不能单从价格上考虑。

（2）根据实际情况选择合适的原料品种 如，夏季全脂米糠易酸败，花生饼、粕夏季容易孳生黄曲霉，酒精糟的原料往往不太新鲜，玉米蛋白粉、鱼粉经常有掺杂使假现象，维生素、酶制剂等活性成分应考虑其在需要制粒的饲料中的存留特性；还要考虑原料的保质期和生产使用时间以及各种原料间的可配伍性。如碱式氯化铜比五水硫酸铜更有利于维生素的稳定保存，凡此种种，都应注意考虑并积累经验。

（3）原料接收标准和各阶段的检验项目的确定 必须有明确的接收、让步接收、拒收的标准，以便在实际工作中严格执行。同时要注意针对不同原料突出重点检验项目，如，鱼粉的感官检验、酸价测定；磷酸二氢钙的可溶性检验；棉粕的颜色、脱绒、脱壳程度等。由于储存、生产等各阶段的不同特点，还应确定不同的检验项目。

（4）注意原料的储存条件和储存过程中的质量变化　首先应注意原料的储存条件，如：维生素等药品的避光、防潮、通风等。此外还要把能做预处理从而提高其储存性的原料进行预处理。比如，在油脂中加入抗氧化剂，高水分玉米进行通风干燥等。并经常查看库存原料质量变化情况，如是否有温度升高现象，是否有颜色、气味等感官变化等。

（5）生产前和生产中的检验　原料经过一段时间的储存，其质量变化情况如何，是否需要采取措施，这些都决定了必须进行生产前的检验；生产中的检验则是指在生产完一个品种或一个批次后，在生产设备流程中剩余一部分原料没有用完，由于转产其他品种等原因停用一段时间后，再次重新使用时，必须对它们进行再次检验，这在夏季更加重要，尤其对粉碎玉米、酒精糟、全脂米糠等易变质的原料，以免造成质量事故。这两种检验主要以感官检验为主即可。

（6）对于让步接收及不合格原料的标识与控制　让步接收是指未达到接收标准而接收的，对此应及时通知相关部门，以便在价格、标注、配方、生产、储存过程给予特殊照顾，并对成品质量进一步追踪。

近年来，在我国各级政府和有关部门的共同努力和协作下，我国的饲料质量安全管理工作取得了一定成绩，并且积累了一些成功的经验，但从我国饲料质量安全的现状来看，仅仅这样还不能从根本上遏制饲料质量安全问题的产生。国际上的经验和我们的实践都表明，我国必须采取综合性措施以保障饲料安全。为了将我国的饲料质量安全提高到一个新的层次，首先，要在总结经验教训的基础上，调整和完善已有的政策措施；其次，要根据饲料工业形势变化的需要，积极探索新的途径和新的方式方法。

本书通过对中外饲料质量安全现状以及对中外饲料企业产品质量安全管理特点的分析，借鉴经济发达国家和地区在饲料质量安全监督管理和企业产品质量安全管理方面的主要经验，探讨符合中国国情的饲料质量安全监督管理办法和饲料企业质量管理模式，从而提高饲料产品的质量，提升饲料企业的质量安全管理水平，促进中国饲料工业健康和可持续发展。

根据我国饲料工业的发展水平以及我国现阶段饲料质量安全中存在的重要突出问题，今后一段时期，我国饲料质量安全工作的基本思路是：在进一步健全完善已有的政策措施、巩固已经获得的工作成果的基础上，逐渐转变饲料工业及其相关产业的增长方式，进一步通过建立健全饲料行业和饲料产品的质量标准体系、法律法规体系、监测检验体系以及行政管理体系等，为饲料质量安全提供坚实的体制和制度上的保证。

一、原件 (European Code of Practice for Feed Additive and Premixture Operators)

1 Introduction

This European Code of Practice for Animal Feed Additive and Premixture Operators ('Code') is in line with the Regulation of the European Parliament and the Council laying down requirements for feed hygiene, (183/2005/EC), in particular articles 20 to 22 which encourage the development of guides to good practice on hygiene and the application of HACCP principles.

Implementation of the Code aims to encourage measures to be put in place to ensure the safety and quality of feed additives and premixtures; the operation of businesses in accordance with European feed hygiene requirements, and improved traceability. The Code applies equally to import from third countries of feed additives and premixtures.

In order to align the Code with current animal feed legislation and various activities on national, industrial and/or association levels, it takes into account the principles of feed and food safety as well as HACCP principles that are set out in various international documents further down and EC legislation, in particular:

- The European Commission's White Paper on Food Safety (COM (1999) 719 final)

  http://europa.eu.int/comm/dgs/health_consumer/library/pub/pub06_en.pdf

- Regulation (EC) No 183/2005 of the European Parliament and of the Council of 12 January 2005 laying down requirements for feed hygiene (and repealing Council Directive 95/69/EEC and Commission Directive 98/51/EEC (apart from article 6 on Interim measures), laying down conditions and arrangements for approving and registering establishments and intermediaries in the animal feed sector). (Regulation (EC) No 183/2005)

  http://eur-lex.europa.eu/LexUriServ/site/en/oj/2005/1_035/1_03520050208en00010022.pdf

- Regulation (EC) No 1831/2003 of the European Parliament and of the Council on additives for use in animal nutrition. (Regulation (EC) No 1831/2003).

  http://europa. eu. int/eur-lex/pri/en/oj/dat/2003/l 268/l 26820031018en00290043. pdf

- Regulation (EC) No 178/2002 of the European Parliament and of the Council of 28 January 2002 laying down the general principles and requirements of food law, establishing the European Food Safety Authority. (Regulation (EC) No 178/2002).

  http://europa. eu. int/eur-lex/pri/en/oj/dat/2002/l 031/l 03120020201en00010024. pdf

- Regulation (EC) No 882/2004 of the European Parliament and of the Council of 29 April 2004 on official controls performed to ensure the verification of compliance with feed and food law, animal health and animal welfare rules. (Regulation (EC) No 882/2004)

  http://eur-lex. europa. eu/LexUriServ/site/en/oj/2004/l 191/l 19120040528en00010052. pdf

Other documents:

- The relevant Codes of practice of the Codex Alimentarius.

  http://www. Codexalimentarius. net/

- The principles of HACCP, re. Codex Alimentarius, General principles of Food Hygiene, (CAC/RCP 1-1969, Rev. 4-2003 Amd. (1999), Annex on Hazard Analysis and Critical Control Point (HACCP) System and Guidelines for its Application)

  http://www. Codexalimentarius. net/

- Management systems developed by associations in different Member States, for example, other Codes of Practice and Quality Assurance Schemes:
  Code of Practice (FEFAC, EU)

  http://www. fefac. org/Code. aspx? EntryID=265

  FEMAS (AIC, UK)

  http://www. agindustries. org. uk/content. template/30/30/Home/Home/Home. mspx

  GMP (OVOCOM, B)

  http://www. ovocom. be/

  GMP+ (PDV, Nl)

http：//www. pdv. nl/index eng. php? switch＝1

Q＋S (DVT, D).

http：//www. q-s. info/

The combination of the above principles provides guidance for feed additive and premixture operators in implementing the measures necessary to ensure feed safety in European and international manufacturing and trade. In order to facilitate implementation of the Code, the structure of ISO 9001：2000, Quality Management Systems, is used.

In the exceptional case where a direct or indirect risk to human or animal health is related to a product manufactured and marketed under the Code, the information and recall procedures (including the rapid alert system) defined in Regulation (EC) No 178/2002 shall apply.

The text of the Code is designed to set out general requirements and to be used by operators as a tool to develop their own procedures.

A compilation of guidance is provided as annex to the Code. This covers topics of special importance. While the requirements of the Code are mandatory for every operator, the Guidance provides information on how to deal with specific issues in a more detailed and practical way and may serve as further supporting information to the Code. If the operator decides to follow the procedures described in the Guidance, this will become a part of its Safety System. In case that, for good reasons, different procedures are used, the operator must be able to provide evidence upon request that he is complying with the requirements of the Code as well.

Both the Code and Guidance will be submitted to periodical review in line with emerging/new relevant technological, scientific and legislative developments or statutory modification in the sector.

Note：FAMI-QS Code of Practice is a public document and its contents can be freely followed by any feed additive or premixture operator.

Running side by side with the Code FAMI-QS Asbl has developed a parallel and independent certification system that is described in the Rules for Certification documents. Participation in the FAMI-QS auditable system is based on voluntary commitment.

Please, consult the FAMI-QS web-page www. fami-qs. org to have access to these documents and learn more about how to ensure compliance with this Code of Practice.

TABLE OF CONTENTS

2   Scope

The aim of this European Code of Practice is to ensure safety of feed additives and premixtures by:

- minimizing the risk of adulterated feed additives and premixtures entering the feed/food chain;

- enabling an operator to implement the objectives of the feed hygiene Regulation (Regulation (EC) No 183/2005); and

- providing measures to ensure that other applicable regulatory feed safety requirements are met.

Feed is considered unsafe for its intended use if it is likely to pose a risk to (has adverse effect on) human or animal health, or if the food derived from food-producing animals fed the feed is unsafe for human consumption.

This Code shall apply to feed additives and premixture operators at all stages of feed production from the first placing on the market of feed additives and premixtures based on current EU legislation. Therefore it also applies to the placing on the market of feed additives and premixtures after import from third countries.

Compliance with FAMI-QS does not exonerate the operator from meeting the statutory or regulatory requirements in each country in which the operator is active. The regulatory status of feed additives can be checked on the Community Register of Feed Additives:

(http://europa.eu.int/comm/food/food/animalnutrition/feedadditives/registeradditives en.htm)

published and frequently updated by the European Commission.

3 Terms and definitions

The following terms and definitions are used in this guide and associated annexes:

Adequate: The terminologies "adequate", "where appropriate", "where necessary", or "sufficient" mean that it is up to the business operator in first instance to decide whether a requirement is necessary, appropriate, adequate or sufficient to achieve the objectives of the Code. In determining whether a requirement is adequate, appropriate, necessary, or sufficient, account should be taken of the nature of the feed and of its intended use. (*adopted from EC Guidance Document 2005 on Regulation 852/2004/EC and modified*).

Agent: An individual or firm authorized to act on behalf of an operator such as by executing commercial transactions without ever taking legal responsibility of the product and the way it is supplied and provided into the feed chain.

Authorised personnel: Persons who have skills, permission and purpose as specified by job descriptions, process descriptions or management.

Batch: unit of production from a single plant using uniform production parameters or a number of such units, when produced in continuous order and stored together. It consists of an identifiable quantity of feed and is determined to have common characteristics, such as origin, variety, type of packing, packer, consignor or labelling. (*COM (2008) 124 final*)

Calibration: The demonstration that a particular instrument or device produces results within specified limits by comparison with those produced by a reference or traceable standard over an appropriate range of measurements.

Carrier: Substance used to dissolve, dilute, disperse or otherwise physically modify a feed additive in order to facilitate its handling, application or use without altering its technological function and without exerting any technological effect themselves. (*COM (2008) 124 final*)

Carry-over: Contamination of a material or product with another material or product that originates from previous use of equipment and would alter the quality and safety beyond the established specifications.

Check /control: Monitor and measure processes and product against policies, objectives and requirements for the product and report results.

CIP: Cleaning-in-place.

Code of Practice: Document identifying the principles of feed hygiene essential to ensure the safety of feed for animals and in turn the safety of animal products intended for human consumption.

Compound feed: Mixture of feed materials, whether or not containing feed additives, for oral animal feeding in the form of complete or complementary feed. (*COM (2008) 124 final*)

Contamination: The undesired introduction of impurities of a chemical or microbiological nature or of foreign matter, into or onto a raw material, intermediate, feed additive or premixture during production, sampling, packaging or repackaging, storage or transport.

Corrective Action: Action to eliminate the cause of a detected non-conformity or other undesirable situation. Corrective action is taken to prevent recurrence whereas preventive action is taken to prevent occurrence. (*ISO 9000: 2005*)

Cross-Contamination: Contamination of a material or product with another product.

Crisis: An event that represents an immediate and significant threat to animal and/or human health resulting from the production or supply of unsafe or illegal product; where the product has left the immediate control of the feed business operator. (*synopses from articles 15 & 19, Regulation 178/2002/EC*).

Establishment: Any unit of a feed business that carries out the manufacture/production and/or the placing on the market of feed additives and premixtures. (*Regulation 183/2005/EC and adapted*).

Export: The release for free circulation of a product or the intention to release a product for free circulation into a non EU member state, which is manufactured in an EU member state.

Feed additives: Substances, micro organisms or preparations, other than feed material and premixtures, which are intentionally added to feed or water in order to perform, in particular, one or more of the following functions:

favourably affect the characteristics of feed;

favourably affect the characteristics of animal products;

favourably affect the colour of ornamental fish and birds;

satisfy the nutritional needs of animals;

favourably affect the environmental consequences of animal production;

favourably affect animal production, performance or welfare, particularly by affecting the gastro-intestinal flora or digestibility of feedingstuffs; or

have a coccidiostatic or histomonostatic effect.

(Regulation 1831/2003/EC and Regulation 183/2005/EC)

Feed business: Any undertaking whether for profit or not and whether public or private, carrying out any operation of production, manufacture, processing or distribution of feed additives and premixtures. *(Regulation178/2002/EC and adapted)* . See 'Stages of production, processing and distribution'

Feed business operator: 'The natural or legal persons responsible for ensuring that the requirements of food law are met within the feed business under their control. *(Regulation178/2002/EC and adapted)* . See 'Feed business'.

Feed hygiene: The measures and conditions necessary to control hazards and to ensure fitness for animal consumption of a feed additive or a premixture, taking into account its intended use. *(Regulation 183/2005/EC)*.

Feed material: Various products of vegetable or animal origin, in their natural state, fresh or preserved, and products derived from the industrial processing thereof. Organic or inorganic substances, whether or not containing additives, which are intended for use in oral animal feeding either directly as such, or after processing, in the preparation of compound feedingstuffs or as carriers of premixtures. *(Regulation 1831/2003/EC)*

Feed safety: High level of assurance that the feed (feedingstuff, feed additive, or premixture) will neither cause harm to the farm animals when prepared or consumed according to the intended use, or to the final consumer. Throughout the Code, the word 'safety' is taken to have the same meaning as 'feed safety'.

First placing on the market: The initial placing on the European Union market of an additive or premixture after its manufacture or the import of an additive or premixture. (See placing on the market). (*Regulation 1831/2003/EC*)

Flow diagram: A systematic representation of the sequence of steps or operations used in the production or manufacture of a particular food item. (*Codex Alimentarius*)

HACCP (Hazard Analysis and Critical Control Point): A system which identifies, evaluates, and controls hazards to feed safety. (*Codex Alimentarius and modified*)

Hazard analysis: The process of collecting and evaluating information on hazards, and conditions leading to their presence, to decide which are significant for feed safety and therefore shall be addressed in the HACCP plan.

Hazard: Biological, chemical or physical agent in the feed chain with the potential to cause an adverse health effect for animals or consumers. (*Regulation 178/2002/EC*)

Homogeneity: The degree to which a property or a constituent is uniformly distributed throughout a quantity of material. (*PAC, 1990*)

Import: The release for free circulation of a product or the intention to release a product for free circulation into an EU member state, which is manufactured in a non EU member state. (*Regulation 882/2004/EC and modified*)

Incoming material: A general term used to denote raw materials delivered at the beginning of the production chain (e. g. reagents, solvents, processing aids, feed materials, feed additives and premixtures).

Intermediate: Any material which has been processed by the operator before the final product is obtained.

Manufacture/production: All operations encompassing receipt of materials, processing, packaging, repackaging, labelling, relabelling, quality control, release, storage, and distribution of feed additives and premixtures and related controls.

Minerals: Feed materials may include minerals mentioned in Annex Part B, chapter 11, of Directive 96/25/EC.

Operator: See feed business operator.

Placing on the market: Holding products for the purposes of sale, including offering for sale or for the purposes of any other form of transfer, whether or not free of charge, to third parties, and the sale and other forms of transfer themselves. (*Regulation178/2002/EC*) (See first placing on the market).

Plan: To establish the objectives and processes necessary to deliver results in accordance with the operator's policies regarding quality and safety.

Premixtures: Mixtures of feed additives or mixtures of one or more feed additives with feed materials or water used as carriers, not intended to direct feeding to animals. (*Regulation 1831/2003/EC*)

Preventive Action: Action to eliminate the cause of a potential non-conformity or other undesirable potential situation. Preventive action is taken to prevent occurrence whereas corrective action is taken to prevent recurrence. (*ISO 9000: 2005*)

Procedure: Operations to be performed, precautions to be taken and measures to be applied directly or indirectly related to the manufacturing of a material, feed additive or premixture. (*Modified from ICH Q7A*).

Processing aids: Any substance not consumed as a feedingstuff by itself, intentionally used in the processing of feedingstuffs or feed materials to fulfil a technological purpose during treatment or processing which may result in the unintentional but technological unavoidable presence of residues of the substance or its derivatives in the final product, provided that these residues do not have any adverse effect on animal health, human health or the environment and do not have any technological effects on the finished feed. (*Regulation 1831/2003/EC*)

Quality: Degree to which a set of inherent characteristics fulfils requirements. (*ISO 9000: 2005*)

Quality Manual: Document specifying the quality management system of an organisation. (*ISO 9000: 2005*)

Raw material: Any material which enters the manufacturing process of the feed additive and/or premixture.

Recall: Any measure aimed at achieving the return of a dangerous product that has already been supplied or made available to consumers by the operator. (*Regulation No 2001/95/EC*)

Record: Written documents containing actual data.

Reworking: Any appropriate manipulation steps in order to ensure a feed additive or premixture will conform to specifications.

Risk: A function of the probability of an adverse health effect and the severity of that effect, consequential to a hazard. (*Regulation178/2002/EC*)

Safety: See feed safety.

Shall: Compliance with a requirement which is mandatory for compliance with this standard. (Obligation to follow the exact requirement as stated by this Code).

Shelf life: A defined time period for which a product fully complies with it is specification if stored appropriately.

Should: Means "must" and the activities, descriptions or specifications accompanied by the word "should" are intended to be mandatory, unless the manufacturer is able to demonstrate that the activity, description or specification is inapplicable or can be replaced by an alternative which must be demonstrated to provide at least an equivalent level of quality and safety assurance. (Operators are obligated to achieve the goal of the Code by appropriate means).

Sign /signature: Confirmation of an authorised person in writing or by electronic means with controlled access.

Specification: A list of tests, references to analytical procedures, and appropriate acceptance criteria that are numerical limits, ranges, or other criteria for the test described. It establishes the set of criteria to which a material shall conform to be considered acceptable for its intended use. "Compliance to specification" means that the material, when tested according to the listed analytical procedures, meets the listed acceptance criteria.

Subcontracting-The delivery of a service, pertaining to the product, provided by a third party to the operator where no change in ownership of the product takes place.

Sufficient: See "Adequate".

Stages of production, processing and distribution: Any stage, including import, from and including the primary production of a food, up to and including its storage, transport, sale or supply to the final consumer and, where relevant, the importation, production, manufacture, storage, transport, distribution, sale and supply of feed. (*Regulation178/2002/EC*)

Traceability: The ability to trace and follow a food, feed, food producing animal or substance intended to be, or expected to be incorporated into a food or feed through all stages of production, processing and distribution. (*Regulation178/2002/EC*)

Verification: Application of methods, procedures, tests and other evaluations, in addition to monitoring, to determine compliance with a requirement.

Where appropriate: See "adequate".

Where necessary: See "Adequate".

Written documents: Paper printed documents. These may be substituted by electronic, photographic, or other data processing systems provided that the data will be appropriately stored during the anticipated period of storage (archive) and can be made readily available in a legible form.

4 Management System (MS)

4.1 General requirements

The operator shall establish, document, implement and maintain a management system in accordance with the requirements of this Code.

The MS shall be continually adapted in line with regulatory developments and customer requirements.

The structure of the MS shall be specific to the organisation of the operator and should include policies, requirements and process documents that reflect commitment to feed safety.

The MS shall ensure that all activities carried out by the operator that could impact on the quality and feed safety of the product are consistently defined, implemented and maintained at all levels in the organisation.

The MS shall include quality procedures to ensure that the product consistently conforms to the authorization of the feed additive and the specification of the premixture (s) thereof.

> *Ensure that:*
> - *A documented MS is in place;*
> - *The MS includes regulatory, safety and customer requirements;*
> - *The MS is covering all the operator's activities;*
> - *Other activities are not conflicting with the feed safety requirements.*

4.2 Management principles

Operators should be able to demonstrate that its employees are aware of their contribution to feed safety and relevant EU legislation associated to their various tasks.

Each operator shall perform and record the evaluation of risks associated with processes within his operations and subsequently define controls to be applied to these based on HACCP principles.

Effective change control and investigative procedures shall be in place to manage product history and deviations from planned procedure.

Procedures shall exist for the timely notification of the appropriate management of occurrences that might pose a threat to product quality and safety. These include for example, complaints, product recall, and audit findings.

For more detailed information on the relevant legislation on feed additives and premixtures see Annex 8 "Guidance on compliance with the EU legislation on feed additives and premixtures for product realisation".

Ensure that:

- *Employees commitment to feed safety and quality can be demonstrated;*
- *HACCP principles are applied;*
- *An effective change control system is implemented;*
- *Management are informed in case of threats to product quality and feed safety;*
- *A system is in place to ensure that management is kept up-dated on all relevant legislation, feed and food safety issues, and other relevant guidelines.*

4.3　General documentation requirements

The operator shall have a system of documentation which reflects all aspects of this Code. The system of documentation shall reflect in particular the application of HACCP.

Records shall contain all relevant data that will permit investigation of any non-conformance or deviation (s) from planned procedure (s).

All quality and safety related activities shall be recorded immediately after they have been performed.

The design and nature of use of records is at the discretion of the operator.

MS documentation should include:

a) a written quality and safety policy;

b) a Quality Manual;

c) documented procedures and records; and

d) information needed by the operator to ensure the effective planning, operation, and control of its processes.

The Quality Manual should include:

a) the scope of the MS, including details of and justification for any exclusion;

b) quality procedures established as part of the MS, or reference to them;

c) quality procedures in support of the HACCP program;

d) HACCP procedures to ensure feed safety.

Minimum documents required include:

a) specifications and testing procedures for incoming materials and finished product;

b) master formulae and operating instructions for each product or group of products;

c) batch processing records for each product; and

d) Standard Operating Procedures (SOPs).

Documents should:

a) have unambiguous contents: the title, nature and purpose shall be clearly stated;

b) be approved, signed and dated by appropriate authorised persons. No document shall be changed without authorisation; and

c) be kept up to date.

Ensure that:

- *A written quality and safety policy exists;*
- *A Quality Manual is in place;*
- *Documented procedures and records are available;*
- *The scope of the MS is defined;*
- *Quality procedures are established as part of the MS;*
- *Quality procedures cover the prerequisite program in support of the HACCP program;*
- *HACCP procedures are sufficient to ensure feed safety;*
- *Specifications and testing procedures for incoming materials and finished products are documented;*
- *Master formulae and operating instructions for each product or group of products are in place;*
- *Processing records for each batch of product are available;*
- *Standard Operating Procedures (SOPs) for all activities under the scope of the MS are documented;*
- *Documents are unambiguous and include title, nature and purpose;*
- *Documents are approved, signed and dated by appropriate authorised persons.*
- *All documents are kept up to date.*

5 Management Responsibility

5.1 Management commitment

Management shall be committed to the implementation of the Code and the companies' own specific quality requirements in order to ensure feed safety and predefined quality of products.

Ensure that:

- *Management commitment to feed safety and quality can be demonstrated*

5.2 Quality and safety policy

Management shall:

a) Establish and put in place a quality and safety policy and ensure that objectives are established clearly stating the companies obligation to produce safe, legal feed additives and to respect their customers' requirements.

b) This policy shall be communicated throughout the organisation and understood by all staff involved in the production of feed additives.

c) Provide the necessary resources for the fulfilment of the quality and safety policy.

d) Ensure all key aspects of the Management and HACCP systems are documented, reviewed, updated and communicated to key staff as frequently as might be necessary.

Ensure that:

- *The quality and safety policy specifies the operators objectives including regulatory and customer requirements;*
- *The policy is adequately communicated;*
- *The operator has the basic resources necessary to fulfil the stated objectives;*
- *Management and HACCP systems are documented, reviewed, updated and communicated to key staff.*

5.3 Responsibility, authority and communication

Management shall:

a) appoint a HACCP team and team leader;

b) define the scope of the HACCP system, by identifying the products/product categories and production sites which are covered by the system and ensuring that safety objectives are established as part of the system;

c) Ensure Job descriptions are available that clearly define the responsibilities of all staff involved in the production of feed additives and premixtures;

d) identify and record any problems and remedial actions with regard to products quality, safety and the operator's management system;

e) Initiate action (s) to prevent the occurrence of non-conformities relating to product quality and safety; and the operator shall provide adequate resources for the implementation, management and control of the HACCP systems. Further details on HACCP requirements can be found in section 7.2;

f) Assign the responsibility and authority for ensuring compliance with regulatory requirements and industry codes of practice to clearly identified competent persons;

g) Issue, maintain and make available to the operation's staff and external bodies an organisational chart of the operation and job descriptions.

Ensure that:

- *A suitably qualified HACCP team leader is appointed;*
- *The scope of the HACCP system is clearly defined;*
- *Job descriptions exist for each individual or group of individuals;*
- *A system is in place to identify and correct problems within the management and HACCP systems;*
- *A suitably qualified person is appointed to ensure compliance with regulatory requirements;*
- *An organisational chart is available.*

5.4 Management representative

Senior management should appoint a member of management who shall have responsibility and authority that includes:

a) ensuring that processes needed for the management and HACCP systems are established, implemented and maintained;

b) reporting to top management on the performance of the management systems and any need for improvement; and

c) ensuring the promotion of awareness of customer requirements throughout the operator.

> *Ensure that:*
>
> - *A management representative with responsibility for quality and safety is appointed.*
> - *The management representative reports to top management.*
> - *The responsibility includes promotion of awareness towards customer requirements.*

5.5 Management review

Management shall review the effectiveness of the Management and HACCP systems at regular defined intervals:

a) Records of this review shall be maintained;

b) The need to update or change the Management and HACCP Systems shall be evaluated at these reviews;

c) Results from external and internal audits shall be reviewed;

d) Customer complaints and request shall be reviewed;

e) Internal problems and changes to the operation processes must be reviewed;

f) Decisions made to change any aspect of the Management and HACCP Systems shall be communicated to key staff;

g) Management shall ensure a system is in place to audit the Management and HACCP Systems.

> *Ensure that:*
>
> - *A documented procedure exists for management to review the suitability and effectiveness of the MS and HACCP;*
> - *Records of this review are available;*
> - *The review is done periodically at predefined intervals;*
> - *Conclusions drawn and actions taken are documented as part of the review;*
> - *Any actions are communicated to key personnel within the organisation.*

6 Resource management

6.1 Provision of resources

Management shall identify and provide the necessary resources in order that the manufacture, processing, storage and transport of products are carried out in an efficient and safe manner.

Feed businesses must have sufficient staff possessing the skills and qualifications necessary for the manufacture of the products concerned.

Management shall provide sufficient and appropriately designed infrastructure, work environment facilities, production areas and equipment.

Provide water of a suitable quality, *e. g.* potable water, so that the product complies with feed safety requirements.

> *Ensure that:*
> - *An organisational chart exists and is updated;*
> - *Appropriate persons have been assigned responsibilities to comply with external requirements;*
> - *The design is appropriate.*

6. 2　Human resources

6. 2. 1　Competence, awareness and training

Employees and managers shall have the necessary skills, competencies, qualifications and training and awareness to be able to effectively execute their respective tasks, thereby ensuring the conformity of product (s) to the expected quality and feed safety (specifically the HACCP team).

Education and training of personnel shall be documented and maintained.

Staff shall be trained in appropriate standards of hygienic behaviour in order to contribute to the overall feed safety part of the food chain.

> *Ensure that:*
> - *The staff is sufficient and skilled to comply with expected tasks and requirements;*
> - *Job descriptions are available and updated.*

6. 2. 2　Personal Hygiene

Ensure that personnel hygiene facilities are clearly and suitably designated, located and maintained.

Provide appropriate work wear such as protective clothing and safety footwear, and maintain them in hygienic conditions.

If gloves are worn, control that there is no risk of contamination of the finished product from them.

Establish clear rules on smoking and eating/drinking on site. If necessary, provide separate facilities for these.

Ensure that:

- *Necessary competence is available in disciplines concerning:*
  - *Feed safety;*
  - *HACCP (see 7.2 HACCP program);*
  - *Hygiene;*
  - *Quality;*
  - *Health and safety;*
  - *Environment.*
- *Level of competence is documented and maintained.*
- *There is a sufficient level on personal hygiene facilities and personel hygiene.*

6.3 Infrastructure

6.3.1 Basic requirements

Where applicable, the operator shall provide appropriate work environment in line with local Regulations to achieve product conformity.

Adequate ventilation; controlable humidity and temperature temperature setting; lighting and hygienic design of plants and equipment shall be provided.

6.3.2 Requirements for facilities, production areas and equipment

The lay-out, design, construction and size of the facilities and equipment shall:

a) permit adequate cleaning and/or disinfection;

b) be such as to minimise the risk of error and to avoid contamination, cross-contamination and any generally adverse effects on the safety and quality of the feeds.

6.3.2.1 Facilities & production areas

Where necessary, ceilings and overhead fixtures must be designed, constructed and finished to prevent the accumulation of dirt and to reduce condensation, the growth of undesirable microorganisms and the shedding of particles that can affect the safety and quality of feed.

Ventilation systems and devices shall be sufficient in number and capacity to prevent grease or condensation from collecting on walls and ceiling.

If necessary to keep rooms free of excessive steam and condensation, mechanical ventilation of sufficient capacity shall be provided.

If necessary, heating, cooling or air-conditioning systems shall be designed and installed so that air-intake or exhaust vents do not cause contamination of products, equipment or utensils.

Lighting must be of sufficient intensity to ensure that hygienic conditions are maintained throughout the production and storage areas, as well as where equipment and utensils are cleaned, in hand-washing areas and toilets.

Water used in feed manufacture shall be of suitable quality.

It should be ensured that drainage lines and sewage systems are watertight and of sufficient capacity.

Drainage facilities must be adequate for the purpose intended; they must be designed and constructed to avoid the risk of contamination.

6.3.2.2 Equipment

Manufacturing equipment should be located, designed, constructed and maintained to suit the manufacture of the products concerned.

The equipment must be designed to facilitate manual or Cleaning In Place (CIP) and/or disinfection by having surfaces that are smooth, free of sharp angles, corners, crevices or smooth welds.

Where applicable, equipment must be placed away from walls to allow easy access for cleaning and to prevent pest infestation.

Ensure that:

- *The facility is designed to facilitate a good environment as described in 6.3.2.1;*
- *The facility is designed to, if necessary, make it easy to clean;*
- *The facility is suitable to minimize feed safety risks;*
- *Necessary utilities are available, e.g. :*
  - *Potable water or other water quality;*
  - *Steam;*
  - *Pressured air;*
  - *Heating system;*
  - *Extraction units;*
  - *Other relevant utility system.*

6.4 Maintenance and control of monitoring and measuring devices

A documented maintenance program for manufacturing operations shall be implemented.

Records shall be kept of work carried out.

The operator shall establish processes to ensure that monitoring and measurement can be carried out in a manner consistent with documented procedures.

All scales and metering devices used in the manufacture of feeds shall be appropriate for the range of weights or volumes to be measured and shall be tested for accuracy regularly according to the risks.

Where necessary to ensure valid results, measuring equipment shall:

a) be calibrated or verified at specified intervals or prior to use, against measurement standards traceable to international or national measurement standards. Where no standards exist, the basis for calibration or verification shall be recorded;

b) be adjusted or re-adjusted as necessary;

c) be identified to enable the calibration status to be determined;

d) be safeguarded from adjustments that would invalidate the measurement result; and

e) be protected from damage and deterioration during handling, maintenance and storage.

In addition, the operator shall assess and record the validity of the previous measuring results when the equipment is found not to conform to requirements. The operator shall take appropriate action on the equipment and any product that might have been affected. Records of the results of calibration and verification shall be maintained.

When used in the monitoring and measurement of specified requirements, the ability of computer software to satisfy the intended application should be verified. This verification should be undertaken prior to initial use and reconfirmed as necessary.

Ensure that:

- *A formal calibration system is in place;*
- *This includes items to be calibrated;*
- *Appropriate calibration intervals are defined;*
- *Calibration results are documented;*
- *A formal preventive maintenance system exists;*
- *Appropriate maintenance intervals are defined;*
- *Maintenance work is documented;*
- *Maintenance work does not interfere with product safety.*

6.5 Cleaning

A cleaning and inspection programme shall be introduced and documented. Effectiveness of the program shall be demonstrated.

Ensure that all inside and outside areas, buildings, facilities and equipment are kept clean and in good state to function as intended and to prevent contamination.

Containers and equipment used for the transport, storage, conveying, handling and weighing of feed shall be kept clean.

A schedule shall be implemented with method, agents used and frequency of cleaning including responsibilities for the tasks.

Cleaning can be carried out by *e. g.* physical methods like scrubbing and vacuum cleaning and chemical methods using alkaline or acidic agents and methods without the use of water.

Where appropriate disinfection may be necessary after cleaning, but traces of detergents and disinfectants shall be minimised.

Agents shall be used and stored according to the manufacturer's instruction (s), clearly labelled, separately stored from raw materials and finished products and applied properly to avoid contamination of raw materials and finished products.

After a wet cleaning procedure, the machinery coming into contact with feed shall be dry enough for the next production.

Ensure that:

- *A formal cleaning program exists, covering:*
    - *Daily house-keeping;*
    - *Periodic deep cleaning;*
    - *Cleaning after maintenance.*
- *The program defines responsibility.*
- *Post evaluation is covered.*
- *Cleaning records are filled-in currently.*
- *Procedures on cleaning of equipment exist, and support hygiene and feed safety.*
- *Employees are trained in cleaning procedures and the training is documented.*

6.6 Pest control

There should be a written plan for pest control including description of periodic inspections. Effectiveness of the plan shall be demonstrated.

A schedule shall be implemented with areas, facilities and equipment to be inspected including frequency as well as details of pesticides, fumigation agents or traps used as well as responsibilities for the tasks.

Pesticides, fumigation agents or traps used shall be suitable and comply with local Regulations for the purpose concerned, used and stored according to the manufacturer's instruction, clearly marked and separately stored from raw materials and finished products and applied properly to avoid contamination of raw materials and finished products.

The positions of traps and bait stations shall be mapped.

The HACCP plan shall consider the risk of contamination due to infestation or use of pesticides.

Spoilage and dust shall be controlled to prevent pest invasion.

The results of the pest control are part of the yearly management review.

Windows and other openings must, where necessary, be proofed against pests. Doors must be close-fitting and proofed against pests when closed.

Ensure that:

- *A formal (documented) preventive pest control system is in place.*
- *The responsibility: In-house or contracted.*
- *Ensure that relevant preventive measures are taken, re. :*
  - *Rodents, outside and inside;*
  - *Insects, flying and crawling;*
  - *Birds;*
  - *Other relevant pests.*
- *Ensure a map or schematics of preventive measures showing the locations exist and is updated.*
- *Pest activities are documented.*
- *Applied pesticides/chemicals are suitable for the purpose (Product Data Sheet).*
- *Ensure legality of the pesticide/chemicals.*
- *The plant is maintained reasonably clear of infestation.*

6.7　Waste control

Waste and materials not suitable as feed should be isolated and identified. Any such materials containing hazardous levels of veterinary drugs, contaminants or other hazards shall be disposed of in an appropriate way and not used as feed:

a) Identify waste clearly and dispose in a manner which avoids contamination of raw materials and finished products;

b) Store waste in closed or covered containers at defined waste accumulating areas;

c) Clean waste accumulating areas regularly;

d) Waste containers should be clearly marked and designated for that purpose only;

e) Sewage, waste and rainwater shall be disposed of according to local Regulations and in a manner which ensures that equipment and the safety and quality of feed is not affected.

Ensure that:

- *Waste materials are properly identified to avoid mix-up with production materials;*
- *Waste is handled properly to avoid risks for workers or environment, both internally and externally.*

---

7 Product realisation

7.1 Product requirements

7.1.1 Determination of requirements related to the product

The operator shall determine:

a) statutory and regulatory requirements related to the product;

b) requirements specified by the customer, including requirements related to delivery and post-delivery activities; and

c) requirements not stated by the customer but necessary for specified or intended use, where known.

Ensure that:

- *A system to identify external requirements is implemented;*
- *The external requirements are communicated and complied with;*
- *Requirements and compliance are documented;*
- *Requirements specified by customers are controlled and implemented.*

---

7. 1. 2　Compliance of the product to the requirements

The operator shall monitor the compliance of products with the relevant product requirements and shall ensure that:

a) product requirements are defined;

b) the operator has the ability to meet the defined requirements; and

c) the existence and handling of products for export outside the EU and which cannot, from a regulatory point of view, be placed on the EU market, is described in the operator's MS. If the operator markets such non-EU compliant products, the operator should maintain a list of products which may be marketed in the EU and those which may be marketed outside the EUonly.

Should product requirements change, the operator shall ensure that relevant documents are amended and that relevant personnel are made aware of the changed requirements. (See also section 7. 3. 2).

Ensure that:
- *Procedures are in place to comply with identified requirements.*

7. 1. 3　Customer communication

The operator shall determine and implement effective arrangements for communicating with customers in relation to:

a) product information;

b) enquiries, contracts or order handling, including amendments; and

c) customer feedback, including complaints.

Ensure that:
- *Relevant product information is in place;*
- *The information is communicated to the customer;*
- *Information provided by customers is received and implemented.*

7. 2　HACCP Program

The purpose of the HACCP program is to ensure product (feed) safety in a controlled manner based on a systematic procedure. The program comprises any activities and process steps ranging from purchase of raw materials to transport of the finished products.

In the hazard analysis a survey should be conducted to identify all potential hazards. Based on this analysis, hazards shall be classified according to risk, and possible Critical Control Points (CCP's) shall be identified and control procedures established.

Special attention shall be paid to hazards requiring specific control measures.

It is recommended that operators follow the guidance for application of HACCP provided in the Codex Alimentarius Guidelines, which are based on the following 7 principles:

1. Conduct a hazard analysis.
2. Determine the critical control points (CCPs).
3. Establish critical limits.
4. Establish a system to monitor the control of each CCP.
5. Establish the corrective action to be taken if controls should fail
6. Establish a procedure to verify that all the aspects of the HACCP system are working effectively.
7. Document all procedure and records to demonstrate the HACCP system is working effectively.

For more detailed information on how HACCP principles can be applied see the "Guidance on the implementation of HACCP" (Annex 1). See also this Annex for information on HACCP analysis and how to study the risks associated to various production processes.

Among the risks to be considered during a HACCP analysis are issues such as homogeneity and/or microbiology. For more information see the "Guidance on homogeneity" (Annex 4) and the "Guidance on biological hazards (Annex 7)".

Further requirements on HACCP can be found in the following sections of the Code:

3   Terms and definitions

4.2   Management principles

4.3   General documentation requirements

5.2   Quality and safety policy

5. 3   Responsibility，authority and communication

5. 4   Management representative

5. 5   Management review

6. 2. 1   Competence，awareness and training

6. 5   Cleaning

6. 6   Pest control

7. 3. 1   Development of new products and processes

7. 4. 1   Sourcing of incoming materials

7. 5. 1   Quality control and production

7. 5. 2   Verification of processes for production

7. 6. 1   Transport. General requirements

9. 1   Control of non-conforming products. General requirements

7. 3   Design and development

7. 3. 1   Development of new products and processes

The operator shall plan and control the design and development of products or processes related to safety.

The safety of feed additives shall be assured during the developmental stages of a new product through application of the HACCP principles.

Ensure that:

- *Development plans are issued prior to relevant phases of the development process;*
- *The development plan considers risks related to safety;*
- *HACCP is considered.*

---

7. 3. 2   Change control

Design and development changes shall be identified and corresponding records maintained.

All changes should be reviewed，verified and validated，as appropriate，and approved before implementation.

The review of design and development changes shall include evaluation of the effect of the changes on product safety.

Records of the results of the review and any necessary actions shall be maintained.

Ensure that:

- *A formal change control procedure exists;*
- *Changes are approved before implementation;*
- *Changes are controlled and documented;*
- *Changes implemented are reviewed, verified and archived;*
- *Safety, quality and regulatory requirements covered by the change control procedure.*

7.4　Handling of incoming materials

7.4.1　Sourcing of incoming materials

The approval of good quality suppliers and the selection of excellent ingredients are a key aspect of any operator's quality and safety management system (s). Poor raw materials can result in the production of poor quality finished product and may also compromise the safety of the operator's entire process. All operators should therefore place special emphasis on ensuring their suppliers and ingredients are of the required quality and standard.

Management requirements

a) Purchasing information shall describe the product to be purchased, including, where appropriate, requirements for approval of purchased product.

b) Selection and approval of all raw materials shall include their origin, transport, storage, and handling.

c) Any potential hazard associated with a raw material shall be documented.

d) Each raw material shall have a written specification, including quality agreement, which is amended when change of documented parameters takes place.

e) In addition to the analytical characteristics of the raw material, the specification should include, where appropriate, details of any undesirable substance with which the raw material may typically be associated, and any other hazards or limitations associated with the raw material which have been considered in the operator's HACCP system.

f) Where appropriate, requirements for analytical monitoring shall be defined.

g) In case the material is a feed additive or premixture imported from outside the European Union, a written confirmation of its compliance with the current

EU feed Regulations issued by the supplier is needed. Documentation is required that these feed additives and premixtures are produced in compliance with the requirements of Annex 8 "Guidance on compliance with the EU legislation on feed additives and premixtures for product realization" to this Code.

h) There shall be a list of internally approved suppliers and each supplier shall be subject to periodical review.

i) The operator shall evaluate and select suppliers based on their ability to supply products in accordance with the operator's requirements. Criteria for selection, evaluation and re-evaluation shall be established.

j) Records of any relevant analytical and monitoring results and of the evaluations of the supplier and necessary actions arising from that evaluation shall be maintained.

Realization requirements

k) Every raw material shall be evaluated to assess any potential hazard associated with it; this shall be carried out according to HACCP principles for all materials falling under the scope of the Regulation (EC) No 183/2005 on Feed Hygiene.

l) There shall be a check that these feed additives and premixtures are being produced in compliance with the requirements of this Code, see Annex 8 "Guidance on compliance with the EU legislation on feed additives and premixtures for product realization".

Ensure that:

- *New suppliers are covered by an approval process;*
- *Approved suppliers are documented, reviewed, re-evaluated and the documentation is up-to-date;*
- *The review is done periodically at a predetermined interval;*
- *Purchased incoming material has an agreed specification;*
- *Specifications comply with feed safety topics and legislative requirements.*

7.4.2 Verification of incoming materials

Each batch entering the site shall be uniquely registered by means of a batch number, full name of product, date of receipt and quantity received. Any damage shall be reported to an appropriate responsible unit, *e. g.* the quality control unit.

If the incoming material is delivered in bulk，a receipt and storage procedure must be in place. If silos are emptied，this shall be recorded and cleaning must be evaluated.

Incoming materials should be checked and formally approved prior to use according to written procedures.

Samples of these materials should be retained. Where appropriate，a retained sample shall be available for at least the shelf life of the material，either at the suppliers or the operators. For more detailed information on possible sampling procedures see the "Guidance on sampling" (Annex 6).

Handling of incoming product should be in accordance with its status，for example，a received product which is deemed unfit for use must be identified as such and segregated from those products released for use. In the same light，perishable materials should be treated as appropriate to ensure their wholesomeness before use.

If incoming materials are rejected and thus not incorporated for any reason related to product quality and safety，their disposal，destination，or return to supplier shall be recorded.

Ensure that：

- *A written procedure on handling of incoming materials exists.*
- *Incoming materials are registered uniquely and include：*
  - *Supplier's name and lot/batch number；*
  - *Operator's lot/batch number；*
  - *Name of material；*
  - *Quantity and date of receipt；*
  - *Possible expiry date.*
- *Incoming bulk materials are stored according to adequate separation procedures.*
- *Materials are inspected before，during and after unloading.*
- *The inspection includes contamination，pest infestation and documentation of findings.*
- *Non-conformities are recorded.*
- *Records of inspection results are documented and archived.*
- *Records of supplier guarantees and other relevant supplier documentation kept.*
- *Incoming materials are released before use.*
- *Documentation is maintained in case a product is returned to the supplier.*

7.5　Production of finished goods

7.5.1　Quality control and production

The operator shall plan and carry out production and service provision under controlled conditions.

Production areas shall be controlled so that access for non-authorised personnel can be prevented.

Controlled conditions should include, as applicable：

a) The availability of information that describes the characteristics of the finished product.

- Each product shall have a written specification, which is amended when any change takes place.

- Each product shall have a unique name or code.

- Details of packaging and labelling shall be available. Product labelling shall be in accordance with the relevant EU feed legislation.

- Each package shall be labelled by a unique identifier (which can be a combination of codes) in order that the batch to which it belongs can subsequently be identified and traced.

- All finished product should be inspected prior to dispatch, in accordance with written procedures, to ensure it meets specification. A retention sample of adequate size shall be taken of each batch and held, as a minimum, for a time equivalent to the defined shelf life of the product. The samples must be sealed and labelled, stored in a manner that should prevent abnormal change, and kept at the disposal of the authorities for a period appropriate to the use.

    For more detailed information on possible sampling procedures see the "Guidance on sampling" (Annex 6).

- If products are rejected and thus not put into circulation for any reason related to product quality and safety, their disposal, destination, or return to supplier shall be recorded.

b) The availability of work instructions：

- The different stages of production shall be carried out according to written procedures aimed at defining, controlling and monitoring the critical points in the manufacturing process.

- These shall include procedures to address the risk of carryover.

c) Rules governing packaging:

- Where products are packaged, care shall be taken to avoid contamination and cross-contamination during the packaging process, and to ensure that packaged products are correctly identified and labelled in compliance with the provisions of relevant feed Regulations.

- Packaging shall be appropriate to product type, with the objective of maintaining the contents for its intended shelf life. Packaging shall be considered under HACCP analysis.

- Pallets shall be serviceable, clean and dry. All pallets which are returned after a particular use shall be inspected and if necessary cleaned before re-use.

d) Rules controlling storage:

- Finished products shall be clearly identified and stored in clean dry conditions. Access to these materials should be restricted to authorised personnel only.

- Incoming materials, active substances, carrier substances, products which meet the specifications - and those which do not - shall be stored in suitable designed places, adapted and maintained, in order to ensure appropriate storage conditions which manage the risks of contamination and possible infestation by harmful organisms.

  Packed materials shall be stored in appropriate packaging.

- Materials should be stored in a manner which enables easy identification, avoids cross-contamination and prevents deterioration. A stock rotation system should be in place.

- The storage environment should be set up in a manner which minimises the risk of damage to packaging and spillage of material.

e) Rules concerning loading and delivery:

- Products shall be delivered with, in mind, the protection of animal and human health as prime considerations.

- Containers and equipment used for internal transport, storage, conveying handling and weighing shall be kept clean. Cleaning procedures should consider such containers and equipment.

- A final inspection shall take place to ensure delivery of correct product.

Ensure that:

- *Production areas are accessible to authorized personnel only;*
- *Production is run according to formal production planning;*
- *The production plan is distributed to relevant persons;*
- *Production records are kept prove compliance with master formula;*
- *Cross-contamination is prevented or controlled;*
- *Each product has a specification, unique name and/or Code*
- *Each product has a predefined label;*
- *Finished products are clearly marked and identified;*
- *Each product has a predefined packaging instruction;*
- *The packaging process is controlled to avoid contamination and mix-up;*
- *Deliveries are inspected prior to dispatch;*
- *This inspection is documented;*
- *Non-conforming products are segregated and stored in a manner to prevent failures;*
- *Storage facilities are adequate to the purpose;*
- *Storage facilities are operated in a manner to prevent failures during handling;*
- *Storage facilities are suitable to the purpose, e. g. cleanliness, ventilation, dry, and temperature controlled;*
- *A defined stock rotation system is in place, e. g. FIFO;*
- *Outdated stock is controlled and segregated;*
- *Loose bulk materials are controlled and segregated from other loose bulk material.*

7.5.2 Verification of processes for production

The operator shall verify any processes for production where the resulting output cannot be controlled by subsequent monitoring or measurement. This includes any processes where deficiencies become apparent only after the product is in use or has been delivered.

Verification should demonstrate the ability of these processes to achieve expected results. Frequency of verifications shall be considered under the operator's HACCP system. Particular attention should be given to carry-over and homogeneity.

The operator shall establish arrangements for these processes including:

a) defined criteria for review and approval of the manufacturing processes;

b) approval of equipment;

c) qualification of personnel;

d) use of specific methods and procedures; and

e) requirements for records.

Ensure that:

- *A written verification procedure is in place;*
- *Verification data demonstrates all production processes achieve planned results;*
- *Verification data demonstrates carry over is controlled.*

7.5.3 Identification and traceability

To ensure traceability, the operator shall:

a) identify and record the product by suitable means throughout product realisation; and

b) maintain a register, that contains:

- the names and addresses of manufacturers of incoming materials, additives or of intermediaries. Incoming materials shall be verified according to section 7.4.2.

- the nature and quantity of the additives and premixes produced, the respective dates of manufacture and, where appropriate, the number of the batch or of the specific portion of production in the case of continuous manufacturing, and the name and addresses of the intermediaries or manufacturers or users to whom the additives or premixes have been delivered.

Ensure that:

- *A traceability system is in place, including tracing back from the final product through quality control data and batch records to the raw materials used and the suppliers;*
- *Deliveries can be traced to customers, including customer name, date, batch and amount.*

7.5.4 Preservation of product

The operator shall establish the shelf life of a product and preserve the conformity of the product during processing and delivery to the intended destination.

Preservation measures shall include product identification, handling, packaging, storage and protection.

Preservation shall also apply to the constituent parts of a product.

> *Ensure that:*
> - *A stability program is defined and on-going;*
> - *Product environment is controlled during storage to preserve conformance with quality and safety requirements.*

7. 6　Transport

7. 6. 1　General requirements

Transportation of raw material and finished products are critical points in the process. Impurities that are hazardous to humans or animals may get in contact with the final product. Measures must be taken to ensure that the transportation of raw material and finished products is adequate in order to minimize the risk of contamination.

Two categories of finished products have to be considered: transportation of packed goods and transportation of bulk materials, either liquid or solid.

Where distribution or transport is performed by a subcontractor, the transporter shall be selected on the basis that it can satisfy product safety and reliability criteria.

The operators' HACCP programme shall take transport into consideration when formulating the requirements on suppliers and transporters.

The operator must communicate its requirements on transportation to the transporter; these requirements shall be documented and verified regularly.

The operator's evaluation of the performance of the transporter shall confirm the effectiveness of the transporter's actions to meet the requirements.

When transport of finished products is arranged with delivery terms and where the buyer takes responsibility for the transport, it is the operator's responsibility to communicate, to the buyer, that the requirements in this standard will be applied on the transport prior to and on loading and transportation/delivery.

> *Ensure that:*
> - *Agreements with subcontracted transporters are documented;*
> - *Selection of transporters takes into consideration their ability to fulfill the operators requirements as certified by this Code;*
> - *Transporters are controlled, evaluated and meet expected quality and safety requirements;*
> - *Requirements in this Code are applied by the operator also to transports arranged by the buyer.*

7.6.2 Transport of packaged goods

Feed additives or premixtures should not be transported, even if sealed, with goods that compromise the safety of the raw material or the finished product.

The package for the raw material or the finished product should provide adequate protection against deterioration or contamination that may occur during transportation.

Ensure that:

- *Procedures are in place to ensure product integrity during transport*
- *Packaging provides adequate protection for the raw material or finshed goods*

7.6.3 Transport of bulk products

A system shall be in place to safeguard against contaminants which may compromise the integrity of feed additives and premixtures according to applicable existing Regulations.

The operator shall ensure that the transporter of bulk products has sufficient knowledge about handling feed additives and premixtures. In the best case, this should be proven by a transporter's certification to a recognized standard.

Valid information about the product to be loaded must be given by the operator to the transporter. The transporter can then define the suitable container to provide the best protection.

If cleaning of a container is required, the cleaning method shall be chosen to best clean any possible contaminants from the previous loads.

The transporter shall provide cleaning certificate (s) with the following information:

a) information that enables container traceability;

b) previous load (s);

c) method of cleaning;

d) cleaning company;

e) if applicable, the cleaned discharge equipment.

After cleaning, the efficiency of the cleaning operation must be checked and recorded.

Exceptions from the requirement on cleanliness may be done if the previous load does not compromise the safety of the one to be loaded.

For more information about cleaning, see Annex 3 "Guidance on transport".

Ensure that:

- *Procedures are in place to control all relevant risks found in the operators HACCP;*
- *If cleaning is required, the cleaning certificates shall include all relevant information needed to evaluate if the supplied container is suitable for loading;*
- *Procedures are in place to safeguard against unwanted or forbidden contaminants.*

---

8 System Review

8. 1 General requirements

The operator shall document measures taken to ensure that the MS is working efficiently. This may include planning, implementing and monitoring processes which demonstrate product conformity. Monitoring processes should include collection of measurements, analysis of data, conclusions and if relevant, issuing of procedures which improve the MS.

Ensure that:

- *A formal review system exists;*
- *The system includes collection of data;*
- *The system includes analysis of the data;*
- *The system includes a conclusion;*
- *The system includes actions for improvement originating from the conclusion;*
- *Time scales for improvements are defined and maintained.*

---

8. 2 Internal audits

The operator shall ensure that internal audits are performed to verify that the management system is:

a) effectively implemented and maintained;

b) in compliance with regulatory and other defined requirements;

c) the scope of the audits must be defined and their frequency scheduled in relation to the risk associated with the activity to be audited; and

d) auditors shall be trained, competent and independent.

Internal audits may also be used to identify potential opportunities for improvements.

Corrective actions shall be scheduled and verified when completed.

The schedule for conducting internal audits shall be documented and include planning, reports and details of suggested improvements. The detailed audit program should, as a minimum, include:

a) preparation and issue of audit plans;

b) methods used to conduct the audits;

c) reporting of findings;

d) distribution of reports.

Ensure that:

- *A scheduled audit program is in place;*
- *Internal audits are carried out;*
- *The scope of audits is defined;*
- *Feed safety issues are included in the scope;*
- *The frequency of audits is defined;*
- *The auditors are suitably trained;*
- *Audits and non-conformities are reported and documented;*
- *Reports are distributed to key staff;*
- *A formal follow-up is reported;*
- *Corrected non-conformities are verified.*

---

9 Control of non-conforming products

9.1 General requirements

The operator shall establish a documented procedure for dealing with products which do not comply with intended requirements.

The procedure should include:

a) identification of product and batch code;

b) documentation of any non-conformance, corrective action (s) and verification steps;

c) evaluation of the cause of the non-conformance;

d) segregation of affected batch or batches;

e) provision for disposal of products where appropriate;

f) recording of internal information of relevant parties.

Responsibility for review and disposal of the non-conforming product shall be defined.

A non-conforming product should be reviewed in accordance with documented procedures and actioned in one of the following ways:

a) rework;

b) reclassification or dispensation; or

c) rejection and subsequent destruction or disposal.

d) Records of all non-conformances must be maintained in accordance with document control procedures and archived for an appropriate time.

The approval and use of reworks (*e. g.* from rejects, customer returns or spillage) shall be considered within the HACCP system. Potential reworks which are not approved become waste material and should be dealt with according to waste disposal procedures.

Ensure that:

- *A formal system on how to handle non-conforming products exists.*
- *The procedure covers:*
  - *Product identification;*
  - *Documentation of non-conformities;*
  - *Evaluation of root causes;*
  - *Documentation of corrective actions and verification steps;*
  - *Segregation, handling and assessment of non-conforming product, including:*
    - *Rejected materials*
    - *Accepted materials with restrictions*
    - *Justification of potential alternative use within feed safety requirements*
- *The staff is aware of these procedures.*
- *A clear marking or other means of controlling non-conforming products exists.*
- *Records of non-conformities are maintained.*

---

9. 2 Complaint handling system

A formalised documented procedure on complaint handling shall exist and should include requirements to：

a）allocate responsibility for controlling complaints；

b）record name of complaining customer；

c）record product name and identification code；

d）identify and record each complaint；and

e）reply to the complaining customer.

Corrective actions should be carried out in a timely and effective manner，with consideration given to the frequency and seriousness of complaints.

Where possible，complaint information shall be used to avoid recurrence and implement ongoing improvements.

For more detailed information on how a complaint handling system can be implemented see the "Guidance on the implementation of a complaint handling system" (Annex 2).

Ensure that：

- *A formal customer complaint handling system exists.*
- *Responsibility for controlling complaints is defined.*
- *The system includes sufficient customer and product information.*
- *The complaints are evaluated according to：*
  - *Cause；*
  - *Seriousness；*
  - *Customer；*
  - *Other relevant topics.*
- *The complaint topics are used to prevent reoccurrence.*
- *The related corrective actions are carried through.*
- *Feedback is given to the customer.*

9.3　Recall

A formal recall procedure shall be documented so that customers can be informed immediately of any irregularities that may compromise feed safety. The recall procedure shall be regularly reviewed to ensure conformance with the quality manual and regulatory requirements and the operator's organization.

The recall procedure should include requirements to：

a) define and allocate responsibility for the recall process;

b) identify each batch of non-conforming product including consequences to other product batches or raw materials throughout the entire process;

c) identify the destination of affected batches;

d) notify customers of affected batches and coordinate product return;

e) describe procedures for the handling and reassessment and/or disposal of recalled product (s) including segregation from other products and materials;

f) maintain records of product recall (s) and components from production and/or distribution to the affected customers;

Simultaneously with the above listed action points, it is important to limit recurrence by:

— ensuring immediate corrective and preventive actions are undertaken;

— verifying that corrective and preventative actions are effective.

Feed additive and premixture businesses may also remove products from the market for reasons other than food safety; these cases should be handled in the same manner described here.

The recall procedure shall be tested at least annually to ensure functionality. Such tests shall be documented and evaluated for improvements.

Ensure that:

- *A formal recall procedure exists;*
- *Responsibility is assigned to an appropriate person;*
- *The recall process is adequately described;*
- *The recall procedure includes handling, reassessment and/or disposal of recalled product;*
- *Effective corrective and preventive actions are implemented;*
- *Any recall is recorded;*
- *The recall procedure is tested regularly;*
- *The test recalls are documented;*
- *The outcomes of the test recalls are evaluated.*

---

9. 4 Crisis Management

If a feed business operator considers or has reason to believe that a feed which it has imported, produced, processed, manufactured or distributed does not satisfy the feed safety requirements it shall immediately initiate procedures to recall the feed in question from the market and inform the competent authorities thereof.

○ The crisis management procedure shall be documented

○ Responsibility shall be defined for notifying customers and regulatory authorities

○ Responsibility within the operation for product recall (s) shall be defined

It is important to emphasize that a crisis may result in a Rapid Alert situation or originate from such.

See Annex 9 (Guidance on product recall and crisis management) for a more detailed description of the process.

> *Ensure that:*
>
> • *A crisis management procedure exists;*
>
> • *Responsibility for notifying customers and regulatory authorities is defined;*
>
> • *Responsibility for conduction a product recall is defined.*

10   Statistical techniques

The operator shall, where appropriate, evaluate and identify the need for the use of statistical techniques.

Where statistical techniques are applied, the need for these techniques shall be demonstrated.

The adequacy of these techniques shall be demonstrated:

• standard error shall be calculated and documented;

• standard error must be of an appropriate level to sufficiently ensure feed safety;

• data exceeding standard error and trends shall be monitored;

• corrective actions shall be specified in the event of a breech of error limits.

> *Ensure that:*
>
> • *The use of statistical techniques has been evaluated and defined;*
>
> • *An overview of each statistical method is available;*
>
> • *The applicability of methods is documented;*
>
> • *The operator possesses the necessary statistical competencies.*

二、译文 [欧洲动物饲料添加剂和添加剂预混合饲料（行业）守则]

1 引言

本欧洲动物饲料添加剂和添加剂预混合饲料（行业）守则（"守则"）符合欧盟委员会和欧洲议会制定的有关饲料卫生规定的法规（183/2005/EC），特别是第 20和 22 条（款），鼓励对良好卫生规范指南的发展和关键控制点（HACCP）原理的应用

实施本守则旨在鼓励制定措施确保饲料添加剂和预混料的安全和质量，同时确保生产经营符合欧洲饲料卫生的规定，并提高可追溯性。本守则同样适用于从第三国家进口的饲料添加剂和预混料。

为了使本守则符合各国、行业和/或协会组织制定的现行动物饲料法规和活动的要求，本守则参考了不同的饲料和食物安全原则，以及危害分析和关键控制点原则，有关原则载于以下国际文件和欧盟法规，特别是：

- 《欧盟食物安全白皮书》（COM（1999）719 final）

  http：//europa. eu. int/comm/dgs/health consumer/library/pub/pub06 en. pdf

- 2005 年 1 月 12 日颁布的欧盟委员会和欧洲议会法规第 183/2005 号，制定饲料卫生要求［以及撤销欧洲议会指令第 95/69/EEC 号和欧盟委员会指令第98/51/EEC 号（有关临时措施的第 6 条除外），订明动物饲料业内机构和中介机构进行审批和注册的条件和安排］（欧盟法规第 183/2005 号）。

  http：//eur-lex. europa. eu/LexUriServ/site/en/oj/2005/l 035/l 03520050208en00010022. pdf

- 有关在动物营养食品中使用添加剂的欧盟委员会和欧洲议会法规第 1831/2003号（欧盟法规第 1831/2003 号）。

  http：//europa. eu. int/eur-lex/pri/en/oj/dat/2003/l 268/l 26820031018en00290043. pdf

- 2002 年 1 月 28 日颁布的欧盟委员会和欧洲议会法规第 178/2002 号，制定食物法规的一般原则和规定，并成立欧洲食物安全局（欧盟法规第 178/2002 号）。

  http：//europa. eu. int/eur-lex/pri/en/oj/dat/2002/l 031/l 03120020201en00010024. pdf

- 2004 年 4 月 29 日颁布的欧盟委员会和欧洲议会法规第 882/2004 号，订明确保验证产品符合饲料和食物法规、动物健康和动物权益规定的政府控制措施（欧盟法规第 882/2004 号）。

  http://eur-lex. europa. eu/LexUriServ/site/en/oj/2004/l 191/l 19120040528en00010052. pdf

其他文件：

- 国际食品法典委员会相关行业守则

  http：//www. Codexalimentarius. net/

- 危害分析和关键控制点原则（国际食品法典委员会食物卫生一般原则）CAC/RCP 1-1969，Rev. 4-2003 Amd.（1999）、危害分析和关键控制点系统附件和其应用指引）

  http://www. Codexalimentarius. net/

- 各个成员国协会制定的管理系统，例如其他行业守则和品质保证计划：

  行业守则（欧洲饲料加工商联盟）

  http://www. fefac. org/Code. aspx？EntryID=265

  联邦紧急管理局（英国工农业联盟）

  http：// www. agindustries. org. uk/content. template/30/30/Home/Home/Home. mspx

  高水平制造业/管理企业守则（比利时质量保证准则）

  http://www. ovocom. be/

  高水平制造业/管理企业守则（荷兰动物饲料生产业准则）

  http://www. pdv. nl/index eng. php？switch=1

  德国食物品质体系

  http://www. q-s. info/

上述原则为饲料添加剂和预混料经营者在推行必要措施时提供指引，以确保欧洲和国际生产和贸易的饲料安全。为了协助实施本守则，我们采用 ISO 9001：2000 质量管理体系的架构。

如果根据本守则生产和营销的产品对人类或动物健康造成直接或间接风险，则应该按照欧盟法规第 178/2002 号所述的通报和回收程序（包括快速预警系统）处理。

本守则的正文用于建立通用的要求，经营者可使用本守则作为其开发自身程序的工具。

本守则附件所载的指引涵盖特别重要的事项，所有经营者必须遵守本守则的规定，而有关指引则详细解释处理特定问题提供了的实际方法，可以作为本守则的补充。如果经营者决定遵从指引所述的程序，指引将会成为安全系统的一部分。如果经营者基于正面的原因采用不同的程序，必须应要求提供证据，证明其符合本守则的规定。

本守则和指南将被定期评审，与相关技术，科学和法规的新发展或业内的法律修订保持一致。

注：FAMI-QS 行业守则为公开文件，其内容可被任何饲料添加剂或预混料经营者自由地使用。

FAMI-QS Asbl 已制定一套与本守则并行的独立认证系统，详情载于认证规范文件。经营者可自由选择是否参与 FAMI-QS 的审核体系。

如要阅览上述文件或了解如何遵从本行业守则的规定，请浏览 FAMI-QS 网站 www. fami-qs. org。

目录

2 范围

本欧洲行业守则旨在通过以下途径确保饲料添加剂和预混料的安全：

- 减低掺假饲料添加剂和预混料进入饲料/食物链的风险；
- 协助经营者实践饲料卫生法规的目标（欧盟法规第 183/2005 号）；和
- 提供措施确保符合其他适用的规管饲料安全要求。

如果饲料可能对人类或动物健康造成风险（已产生不利影响），又或如果以进食有关饲料的食用动物制成的食物不宜供人类食用，则有关饲料会被视为不安全，不宜用作预定用途。

本守则适用于所有饲料生产阶段的饲料添加剂和预混料经营者，从根据现行欧盟法规首次把饲料添加剂和预混料推出市场开始，因此也适用于从第三国家进口后把饲料添加剂和预混料推出市场的经营者。

遵守 FAMI-QS 行业守则不代表经营者可豁免遵守经营所在地的法定或规管要求。饲料添加剂的规管情况可在饲料添加剂欧洲共同体注册名录中查阅（http：// europa. eu. int/comm/food/food/animalnutrition/feedadditives/registeradditives en. htm）。

该信息由欧洲委员会公布并经常性地更新。

3 词汇和定义

本指引和相关附件采用以下词汇和定义：

充分/足够： "充分"、"如适用"、"如有需要" 或 "足够" 等词语指业务经营者可首先决定就达成本守则的目标而言，某项规定是否有需要、适用、充分或足够。决定一项规定是否充分、适用、有需要或足够时，应该考虑饲料的性质和其预定用途（摘自欧盟 2005 指导文件第 852/2004/EC 规章和修订）。

代理： 获经营者授权代表其行动的个人或公司，例如进行商务交易，但毋须就产品和其供应和加入饲料链的方式承担法律责任。

获授权人员： 具备工作描述、程序描述或管理要求的技术、许可和用途的人员。

批次： 单一厂房采用划一生产参数的生产单位，或许多这样的单位按照连续订单制造和一同贮藏。批次包含可识别的饲料数量，并具共同特性，例如原产地、类别、包装种类、包装商、发货人或标签 [COM（2008）124 final]。

校准： 把一台特定的仪器或装置产生的结果跟一项参考或可追溯标准在合适计量范围内所得的结果，证明仪器或装置的结果在指定范围之内。

媒介物： 用作溶解、稀释、分散饲料添加剂或使饲料添加剂有其他物理变化的物质，以协助处理、应用或使用有关饲料添加剂，而没有改变其技术功能或施加任何技术影响。（COM（2008）124 final）

残留物： 一种原料或产品被设备曾经接触的另一种原料或产品污染，使材料或产品的品质和安全水平不符合既定具体说明。

检测/控制： 监察和计量程序和产品有否违反相关政策、目标、产品要求和报告结果。

就地清洗（CIP）： 就地清洗。

行业守则： 用以确立饲料卫生原则的文件，以确保动物饲料和供人类食用的动物产品安全。

配合饲料： 饲料原料混合物（不论是否含有饲料添加剂），作主食或补充饲料喂饲给动物。（COM（2008）124 final）

污染： 在生产、取样、包装或重新包装、贮存或运输过程中，在原材料、中间原料、饲料添加剂或预混料中掺入化学或微生物杂质或外来物质。

纠正措施： 减低出现违规或其他不利情况而采取的措施。纠正措施用来防止类似情况再次发生，而预防措施则预防问题发生。（*ISO 9000：2005*）

交叉污染： 原料或产品被其他产品污染。

危机： 因生产或供应不安全或非法产品而对动物和/或人类健康构成即时重大威胁的事件，而产品已不在饲料业务经营者的直接控制范围之内。（*摘自欧盟法规第 178/2002/EC 号第 15 和 19 条*）

机构： 从事饲料添加剂和预混料制造/生产和/或销售的饲料经营的任何单位。（*欧盟法规第 183/2005/EC 号和修订*）

出口： 在非欧盟成员国发放或企图发放由欧盟成员国所制造的产品作自由流通用途。

饲料添加剂： 除饲料原料和预混料外，刻意添加在饲料或水的物质、微生物或配制料，以达到以下目的：

改善饲料的特质；

改善动物产品的特质；

改善观赏鱼和观赏鸟类的色泽；

满足动物的营养需要；

改善动物畜产对环境的影响；

改善动物畜产、表现或权益，特别是通过控制牲畜饲料的肠胃细菌丛或容易消化程度；或

具抑制球虫和组织滴虫功效。

（*欧盟法规第 1831/2003/EC 号和第 183/2005/EC 号*）

饲料经营者： 从事饲料添加剂和预混料生产、制造、加工或分销业务的盈利/非盈利和公营/私营业务（欧盟法规第 178/2002/EC 号）。请参阅"生产、加工和分销阶段"。

饲料生产经营者： 负责确保所控制的饲料经营符合食物法例规定的自然人或法人（*欧盟法规第 178/2002/EC 号和修订*）。请参阅"饲料业务"。

饲料卫生： 考虑饲料的预定用途后，为了控制饲料添加剂或预混料的危害和确保适合动物食用而实施的必要措施和条件。（*欧盟法规第 183/2005/EC 号*）

饲料原料： 指各种新鲜或腌制的植物或动物产品，以及经工业加工制成的产品。饲料原料为用于直接喂饲动物的有机或无机物质（不论是否含有添加剂），或在加工后用作制造配合饲料或预混料媒介物的有机或无机物质。（*欧盟法规第 1831/2003/EC 号*）

饲料安全：高度确保饲料（牲畜饲料、饲料添加剂或预混料）不会在根据预定用途制备或食用时对饲养动物或最终消费者构成伤害。本守则内提及的"安全"和"饲料安全"的意思相同。

首次推出市场：饲料添加剂或预混料在生产或进口后首次推出欧盟市场。（请参阅"推出市场"）

（欧盟法规第 1831/2003/EC 号）

流程图：表示生产或制造某种食物的步骤或作业程序的系统图表。（国际食品法典委员会）

HACCP（危害分析及关键控制点）：识别、评估和控制影响饲料安全的危害的系统。（国际食品法典委员会和修订）

危害分析：收集和评估危害信息和导致危害情况的程序，以判断有关危害会否对饲料安全构成重大影响，并在危害分析及关键控制点计划中处理。

危害：饲料链内可能影响动物或消费者健康的生物、化学或物理媒介。（欧盟法规第 178/2002/EC 号）

同质性：在某一个数量的材料里一种特质或成分平均分布的程度。（太平洋认可合作组织，1990）

进口：向欧盟成员国发放或企图发放在非欧盟成员国制造的产品作自由流通用途。（欧盟法规第 882/2004/EC 号和修订）

进料：一般指在生产过程初期提供的原材料（例如试剂、溶剂、加工助剂、饲料原料、饲料添加剂和预混料）。

中间原料：形成制成品前由经营者加工的任何原料。

制造/生产：所有作业程序，包括接收材料、加工、包装、重新包装、标签、重新标签、质量控制、发放、贮存和分销饲料添加剂和预混料，以及有关控制措施。

矿物：饲料原料可能含有欧盟指令第 96/25/EC 号第 11 章附件 B 部提及的矿物。

经营者：请参阅"饲料业务经营者"。

推出市场：持有产品以作销售用途，包括销售或以其他形式转让予第三方（不论是否免费），以及销售和以其他形式转让产品。（欧盟法规 178/2002/EC 号）（请参阅"首次推出市场"）。

计划：建立必要的目标和程序，使结果符合经营者的质量和安全政策。

预混料：并非用作直接喂饲动物用途的饲料添加剂、喂料材料或水的混合物，或多种饲料添加剂和原料材料或水的混合物，主要用作媒介物。（欧盟法规第 1831/2003/EC 号）

预防措施：减低出现潜在违规情况或其他潜在不利情况而采取的措施。预防措

施用来预防问题发生，纠正措施则用来防止类似情况再次发生。（*ISO 9000：2005*）

程序：生产原料、饲料添加剂或预混料时将会进行的操作、将会采取的预防措施，以及直接或间接应用的措施。（*修改自 ICH Q7A*）

加工助剂：并非作为饲料食用的任何物质，主要用于为饲料或饲料原料加工，以符合处理或加工过程中的技术用途，过程可能会导致成品含有技术上无法避免的残留物质或衍生物质，但有关物质不会危害动物健康、人类健康或环境，也不会对制成的饲料构成技术影响。（*欧盟法规第 1831/2003/EC 号*）

质量：一组内在特性达到要求的程度。（*ISO 9000：2005*）

质量手册：订明机构内质量管理体系的文件。（*ISO 9000：2005*）

原材料：进入饲料添加剂和/或预混料生产程序的任何材料。

回收：为了回收经营者已供应或提供予消费者的危险产品而采取的措施。（*欧盟法规第 2001/95/EC 号*）

记录：包含实际数据的书面文件。

修订：为确保饲料添加剂或预混料符合具体说明而采取的适当操控步骤。

风险：一种危害可能对健康构成的不良影响和有关影响的严重程度的函数。（*欧盟法规 178/2002/EC 号*）

安全：请参阅"饲料安全"。

必须：符合这项标准时必须遵从一项要求（遵守本守则订明的要求的义务）。

保存期：在一个被定义的时间期限内适当贮存产品，在这种情况下产品应完全符合规格。

应该：指"必须"，"应该"一词所涉及的活动、描述或具体说明为强制要求，除非制造商能够证明有关活动、描述或具体说明并不适用或可被替代，而必须证明有关的替代品最少具有相同水平的质量或安全保证（经营者有义务采用合适方法达到本守则的目标）。

签署：获授权人士以书面或只供获授权人士使用的电子方法进行确认。

规格：一系列测试、分析程序参考和合适的验收标准，有关标准为数值界限、范围或上述测试的其他标准。这种规格订出一系列标准，原料必须符合标准才可接纳为适合用作预定用途。"符合规格"指原料根据既定分析程序进行测试时达到既定验收标准。

分包：由第三方向经营者提供产品附带的服务，但产品拥有权维持不变。

足够：请参阅"充分/足够"。

生产、加工和分销阶段：从食物初步生产、贮存、运输、销售或供应予最终消费者的各个阶段（包括进口），以及在相关的情况下，指饲料进口、生产、制造、贮存、运输、分销、销售和供应。（*欧盟法规第 178/2002/EC 号*）

可追溯性： 追溯和追踪食物、饲料、食用动物或企图或预期在生产、加工和分销阶段加入食物或饲料的物质的能力。（*欧盟法规第 178/2002/EC 号*）

验证： 应用各种方法、程序、测试和其他评估方法，配合监察以确定符合若干要求。

如适用： 请参阅"充分/足够"。

如有需要： 请参阅"充分/足够"。

书面文件： 指印刷文件，可由电子、照片或其他数据处理系统代替，但数据必须在预期储存（存档）期间适当地储存，并可以清晰地读取。

4 管理系统

4.1 一般要求

经营者须根据本守则的规定建立、记录、实施和维持管理系统。

管理系统须根据规管发展和客户要求不断进行修订。

管理系统的结构须针对经营者的机构而设计，并应该包括政策、要求和反映对饲料安全承诺的程序文件。

管理系统须确保在经营者机构的各个层面里，经营者统一地界定、推行和维持可影响产品质量和饲料安全的活动。

管理系统须包括质量监控程序，以确保产品符合饲料添加剂的规定和预混料的规格。

确保：

- *编制管理系统记录；*
- *管理系统包含法规、安全和客户的要求；*
- *管理系统涵盖经营者的所有活动；*
- *没有抵触饲料安全要求的其他活动。*

4.2 管理原则

经营者应该可以证明其员工了解自己对饲料安全的所做的贡献，以及与其工作相关的欧盟法规。

每个经营者须进行和记录业务程序的相关风险评估，从而根据危害分析及关键控制点（HACCP）原则制定控制措施。

经营者须推行有效的变化控制和审查程序，以管理产品记录和偏离既定程序的情况。

经营者须制定相关程序，以便在发生可能威胁产品质量和安全的事件时，能及时通知相关管理层。例子包括投诉、产品回收和审核结果。

有关饲料添加剂和预混料的相关法规资料，请参阅附件八"产品实现所用饲料添加剂和预混料的欧盟法例合规指引"。

> **确保：**
> - 证明员工对维护饲料安全和质量的决心；
> - 应用（HACCP）危害分析及关键控制点原则；
> - 设立有效的变化监控系统；
> - 如出现威胁产品质量和饲料安全的事件时，通知管理层；
> - 设立相关系统，确保管理层获悉最新相关法规、饲料和食物安全议题和其他相关指引。

4.3 一般记录要求

经营者须设立一个记录系统，以反映本守则的各个方面。记录系统须特别反映（HACCP）危害分析及关键控制点的应用情况。

记录须包括有助调查任何违规或偏离既定程序的所有相关数据。

所有与质量和安全相关的活动须在进行后马上记录。

经营者可酌情决定记录的设计和使用性质。

管理系统文件应该包括：

a）一份书面质量和安全政策；

b）一份质量手册；

c）书面程序和记录；和

d）确保经营者能有效规划、操作和控制程序所需要的资料。

质量手册应该包括：

a）管理系统的范围，包括任何删减的细节和依据；

b）作为管理系统一部分的质量监控程序，或有关参考；

c）支持 HACCP 危害分析及关键控制点计划的质量监控程序；

d）确保饲料安全的 HACCP 危害分析及关键控制点程序。

基本文件包括：

a）进料和制成品的具体说明和测试程序；

b）每件产品或每组产品的配方和作业指示；

c）每件产品的批次加工记录；和

d）标准作业程序。

文件：

a）内容应该清晰，并须清楚列明标题、性质和目标；

b）应该由合适的获授权人士审批、签署和注明日期。未经授权不得修改任何文件；并且

c）应该保持更新。

> **确保：**
> - 编制书面质量和安全政策；
> - 编制质量手册；
> - 编制书面程序和记录；
> - 界定管理系统的范围；
> - 制定质量监控程序作为管理系统的一部分；
> - 质量监控程序涵盖支持 HACCP 危害分析及关键控制点计划的先决程序；
> - 有足够的 HACCP 危害分析及关键控制点程序，以确保饲料安全；
> - 记录进料和制成品的具体说明和测试程序；
> - 编制每件产品或每组产品的配方和作业指示；
> - 制定每个批次的加工记录；
> - 为管理系统范围以内的所有活动记录标准作业程序；
> - 文件内容清晰，并包括标题、性质和目标；
> - 文件由合适的获授权人士审批、签署和注明日期；
> - 所有文件均保持更新。

5 管理层的责任

5.1 管理层的承诺

管理层须致力实践本守则和公司内部的质量要求，以确保饲料的安全和产品的应有质量。

> **确保：**
> - 展示管理层对确保饲料安全和质量的决心。

5.2 质量和安全政策

管理层必须：

a) 设立并推行质量和安全政策，确保已订下清晰目标，注明公司有义务生产安全和合法的饲料添加剂，并尊重客户的要求。

b) 这项政策须通报机构内所有人员，确保所有参与制造饲料添加剂的员工都知悉有关政策。

c) 提供必要资源，以符合质量和安全政策的要求。

d) 确保已记录、检讨和更新管理系统和 HACCP 危害分析及关键控制点系统的各个主要领域，并在有需要时知会主要人员有关事宜。

> **确保：**
> - 质量和安全政策注明经营者的目标，包括法规和客户的要求；
> - 充分地传达有关政策；
> - 经营者具备基本资源达成既定目标；
> - 记录、检讨和更新管理系统和危害分析及关键控制点系统，并已知会主要人员。

5.3　职责、权限和通讯

管理层必须：

　　a）委任 HACCP 危害分析及关键控制点小组和小组组长；

　　b）通过识别 HACCP 危害分析及关键控制点系统涵盖的产品类别和生产地点，并确保已订下安全目标，从而界定系统范围；

　　c）确保工作描述清楚列明所有参与制造饲料添加剂和预混料员工的职责；

　　d）就产品质量、安全和经营者管理系统识别和记录任何问题和补救行动；

　　e）采取行动防止出现违反产品质量和安全要求的情况；经营者须提供足够资源推行、管理和控制 HACCP 危害分析及关键控制点系统。有关 HACCP 危害分析及关键控制点要求的详情请参阅第 7.2 节；

　　f）明确识别合资格人员指派相关职责和权限，确保遵从法规要求和行业守则；

　　g）向业务人员和外部机构发放、维持和提供业务架构图和工作描述。

确保：

- 委任合资格人士担任 HACCP 危害分析及关键控制点小组组长；
- 清晰界定 HACCP 危害分析及关键控制点系统范围；
- 为每个个人或每组个人制定工作描述；
- 制定系统识别和修正管理系统和 HACCP 危害分析及关键控制点系统的问题；
- 委任合资格人士以确保遵从法规要求；
- 提供架构图。

5.4　管理层代表

高级管理层应该委任一位管理层成员，并赋予以下职责和权限：

　　a）确保已制定、推行和维持管理系统和 HACCP 危害分析及关键控制点系统所需的程序；

　　b）向最高级管理层汇报管理系统的表现和作出改善的需要；和

　　c）确保在经营者机构内部推广了解客户要求的重要性。

确保：

- 委任管理层代表负责质量和安全。
- 管理层代表向最高级管理层汇报。
- 管理层代表的职责包括推广了解客户要求的重要性。

5.5　管理层评审

管理层必须定期检讨管理系统和 HACCP 危害分析及关键控制点系统的成效：

　　a）必须保存评审记录；

b）评审时必须评估更新或修订管理系统和 HACCP 危害分析及关键控制点系统的需要；

c）必须评审外部和内部审核的结果；

d）必须评审客户投诉和要求；

e）必须评审内部问题和营运程序的变动；

f）必须向主要人员通报修订管理系统和 HACCP 危害分析及关键控制点系统任何方面的决定；

g）管理层必须确保已制定系统，以审核管理系统和 HACCP 危害分析及关键控制点系统。

确保：
- *制定书面程序供管理层评审管理系统和危害分析及关键控制点的合适程度和成效；*
- *编制评审记录；*
- *按照预定时间定期进行评审；*
- *记录所得结论和采取的行动作为评审的一部分；*
- *向机构内的主要人员通报任何行动。*

6　资源管理

6.1　资源供应

管理层必须识别和提供必要资源，以便有效而安全地制造、加工、贮存和运送产品。

饲料业务必须雇用足够的员工，而员工应具备制造有关产品的技术和资格。

管理层必须提供足够和设计合适的基建、工作环境设施、生产场地和设备。

管理层必须提供符合一定质量的水，例如饮用水，使产品符合饲料安全要求。

确保：
- *设有最新的架构图；*
- *向合适的人员指派职务，以符合外部要求；*
- *设计恰当。*

6.2　人力资源

6.2.1　能力、意识和培训

雇员和经理必须具备必要的技术、能力、资格、培训和意识，以有效履行相关职务，从而确保产品达致预期质量和饲料安全水平（特别是 HACCP 危害分析及关键控制点小组）。

必须记录和保存员工的教育和培训记录。

员工应就适宜的卫生行为标准进行培训，保障食物链里的整体饲料安全。

> *确保：*
> - *员工人数充足，并具备所需技术进行预期工作和符合要求；*
> - *制定和更新工作描述。*

6.2.2　个人卫生

确保清楚适当地指定、设置和维持个人卫生设施。

提供合适的工作服，例如防护衣物和安全鞋，并保持衣物洁净卫生。

假如员工配戴手套，必须确保制成品不会被手套污染。

明确订立有关在工作场地吸烟和饮食的指示。如有需要，应该提供独立空间供吸烟和饮食之用。

> *确保：*
> - *具备以下各方面的必要能力：*
>   - *饲料安全；*
>   - *危害分析及关键控制点（请参阅第7.2节危害分析及关键控制点计划）；*
>   - *卫生；*
>   - *质量；*
>   - *健康和安全；*
>   - *环境。*
> - *记录和保存人员能力水平。*
> - *个人卫生设施和个人卫生已达到足够水平。*

6.3　基建

6.3.1　基本要求

在适用的情况下，经营者必须根据当地法规提供适合的工作环境，以符合产品要求。

经营者必须提供足够的通风设备、可调控湿度和温度装置，以及厂房和设备的照明和卫生设计。

6.3.2　设施、生产场地和设备要求

设施和设备的规划、设计、建造和规模必须：

a）容许进行足够的清洗和/或消毒工作；

b）尽量减低出错的风险，避免污染、交叉污染和对饲料安全和质量的任何不良影响。

6.3.2.1 设施和生产场地

如有需要，经营者设计、建造和完成的天花板和悬挂装置必须防止尘埃积聚，并减少凝结、微生物滋长和微粒脱落等情况，以免影响饲料安全和质量。

经营者须提供数量和容量充足的通风系统和装置，以防止墙壁和天花积聚油脂或凝结。

如须避免室内存在过多蒸气和凝结物，经营者必须提供容量充足的机械通风设备。

如有需要，经营者设计和安装的加热、制冷或空气调节系统抽进或排出的空气不会污染产品、设备或器具。

经营者必须提供充足照明，确保生产和贮存场地卫生，以及用作清洁设备和器具的洗手区和洗手间清洁卫生。

制造饲料使用的水必须符合一定质量。

经营者应该确保排水管和污水系统具备足够的容量，而且不会渗漏。

经营者必须提供足够的排污设施，以配合预定目的，有关设施必须特别设计和建造，以减少污染的风险。

6.3.2.2 设备

经营者应该设置、设计、建造和维持生产设备，以配合有关产品的生产活动。

经营者设计的设备必须有平滑的表面，没有尖角、裂缝，焊接口应该整齐平滑，方便进行人手或就地清洗和/或消毒。

在适用的情况下，设备必须远离墙壁，以方便清洗和预防虫患。

确保：

- 所设计的设施应该有助缔造第6.3.2.1段所述的良好工作环境；
- 所设计的设施应该容易清洗（如有需要）；
- 设施可尽量减低饲料安全风险；
- 有必要的公用设施，例如：
  - 饮用水或其他具一定质量的水；
  - 蒸汽；
  - 压缩空气；
  - 加热系统；
  - 提炼单位；
  - 其他相关设备系统。

6.4 维护和控制监察和测量装置

经营者必须推行针对制造业务而设的书面维护计划。

经营者必须详细记录工作情况。

经营者必须制定相关程序，以确保按照书面程序进行监察和测量。

制造饲料时使用的磅秤和计量器必须适用于将要测量的重量或容量，并根据风险定期测试准确度。如有需要确保量度结果准确有效，测量设备必须：

a）每隔一段时间或在使用前按照国际或国家计量标准进行校准或验证。如没有任何标准，则必须记录校准或验证的基础；

b）在需要时进行调校或重新调校；

c）可以决定校准程度；

d）防止使测量结果失效的调整；和

e）防止在处理、维护和贮存时损毁或损耗。

此外，如发现设备不符合有关要求，经营者必须评估和记录以往测量结果的有效性。经营者必须针对有关设备和可能受到影响的产品采取适当行动，并保存校准和验证结果记录。

使用电脑软件监察和测量特定要求时，应该验证电脑软件是否符合使用要求。有关验证应该在初次使用软件前进行，并在有需要时再度确认。

确保：

- *制定正式校准系统；*
- *包括需要校准的项目；*
- *界定适当的校准时间；*
- *记录校准结果；*
- *制定正式的预防性维护系统；*
- *界定适当的维护时间；*
- *记录维护工作；*
- *维护工作不影响产品安全。*

6.5 清洗

经营者必须引进和记录清洗和检查计划，并证明该计划的成效。

经营者必须确保工作范围、楼宇、设施和设备内外保持整齐清洁，能如常操作和预防污染。

经营者必须确保运输、贮存、传送、处理和称重饲料的容器和设备清洁。

经营者必须制定时间表列明清洗方法、所用的清洁剂和频密程度，包括各项工作的职责。

经营者可通过人手（例如人手擦拭和吸尘）、化学方法（例如使用碱性或酸性清洁剂）和免冲洗方法进行清洗。

在适用的情况下，经营者可能需要在清洗后进行消毒，但必须尽量减少清洁剂和消毒剂残留物。

清洁剂必须根据生产商的指示使用和存放，标上适当标签后，与原材料和制成品分开存放，并适当地使用，以免污染原材料和制成品。

以水清洗机器后，必须完全干透方可进入下一步生产。

> **确保：**
> - 制定正式清洗计划，包括：
>   - 日常打扫；
>   - 定期彻底清洗；
>   - 维护后清洗；
> - 计划已清楚界定有关职责。
> - 涵盖工作后评估。
> - 及时填写清洗记录。
> - 制定设备清洗程序，保持卫生和饲料安全。
> - 负责清洗程序的人员已接受相关培训，并记录培训情况。

6.6 虫害控制

经营者应该制定虫害控制书面计划，包括有关定期检查的描述，并必须证明有关计划的成效。

经营者必须为将会进行检查的工作场地、设施和设备制定时间表，包括进行虫害控制的频率、杀虫剂、烟熏杀虫剂或诱捕器的详情，以及工作职责。

使用的杀虫剂、烟熏杀虫剂或诱捕器必须合适和符合当地法规，同时根据制造商的指示使用和贮存，并与原材料和制成品分开存放，适当使用，以免污染原材料和制成品。

经营者须以图表记录诱捕器和诱饵的位置。

HACCP危害分析及关键控制点计划必须考虑虫患或因使用杀虫剂而导致污染的风险。

经营者必须控制腐烂情况和尘土，以防止虫害滋生。

虫害控制的成果会纳入年度管理评审之内。

如有需要，窗户和其他开口处必须密封以防虫，大门关闭时应保证密封以防虫。

> **确保：**
> - 制定正式（书面）预防虫害控制系统。
> - 职责：内部或外部合同承办者。
> - 确保采用相关预防措施，针对：
>   - 工作场地内外的啮齿类动物；
>   - 飞虫和爬虫；
>   - 鸟类；
>   - 其他相关害虫。
> - 确保绘制图表注明已采取预防措施的位置，并不时更新。
> - 记录虫害情况。
> - 使用的杀虫剂或化学物符合预定用途（产品数据表）。
> - 确保杀虫剂或化学物的合法性。
> - 厂房保持适度的清洁，预防虫害滋生。

6.7 废弃物控制

经营者应该分隔和识别废弃物和不宜用作制造饲料的材料。假如任何材料包含的兽医药物、污染物或其他危害达到危害水平，必须以适当的方式弃置，不得用作饲料：

    a) 清楚识别废弃物，并以不污染原材料和制成品的方式弃置；

    b) 把废弃物放于密封或有盖容器内，再弃置在指定废物弃置区；

    c) 定时清洗废物弃置区；

    d) 应清楚标明存放废弃物的容器，有关容器只可作存放废弃物；

    e) 废水、废弃物和雨水必须根据当地法规处置，确保设备和饲料安全和质量不受影响。

> **确保：**
> - 正确识别废弃物料，避免与生产原料混合；
> - 适当处理废弃物，减少对工人和环境造成的风险（不论内部还是外部）。

7 产品实现

7.1 产品要求

7.1.1 决定产品要求

经营者必须决定：

    a) 有关产品的法定和规管要求；

    b) 客户要求，包括交付和交付后活动的有关要求；和

    c) 非客户指定但为满足特别或预定用途所需的要求（如知悉）。

> **确保：**
> - 实施识别外部要求的系统；
> - 传达和遵从外部要求；
> - 记录要求和合规情况；
> - 控制和实施客户要求。

7.1.2 符合产品要求

经营者必须监察产品是否符合相关产品要求，并确保：

    a) 已界定产品要求；

    b) 经营者具备足够能力符合既定要求；和

    c) 经营者的管理系统应提及出口到欧盟国家以外地区的产品和处理情况，以及从规管角度而言不可推出欧盟市场的产品和处理情况。如果经营者销售不符合欧盟

要求的产品销售，则应该存置一份可能在欧盟市场销售的产品清单和可能只在欧盟以外市场销售的产品清单。

如果产品要求有所更改，经营者必须修订相关文件，并通知相关人员有关要求变动。（请参阅第 7.3.2 节）

> **确保：**
> • 制定程序以遵从已识别的要求。

7.1.3 客户通讯

经营者必须决定和实施有效安排，就以下项和客户沟通：

a）产品信息；

b）查询、合同或订单处理，包括有关修订；和

c）客户意见，包括客户投诉。

> **确保：**
> • 提供相关产品信息；
> • 向客户清楚传达产品信息；
> • 收取和实行客户提供的信息。

7.2 HACCP 危害分析及关键控制点计划

HACCP 危害分析及关键控制点计划旨在根据系统化的程序以受控制的方式确保产品（饲料）安全。计划包括各项活动和步骤，包括原材料采购以至运送制成品。

经营者应该进行危害分析调查，以识别所有潜在危害。根据分析结果，经营者必须根据风险把危害分类，同时必须识别可能的关键控制点（CCP's），并制定控制程序。

经营者必须留意需要特别控制措施处理的危害。

建议经营者遵从国际食品法典委员会指引内的 HACCP 危害分析及关键控制点应用指引，有关指引以下七项原则为基础：

1. 进行危害分析。
2. 决定关键控制点（CCP's）。
3. 订立关键限值。
4. 建立系统以监察每个关键控制点的控制（CCP）。
5. 制定一旦控制措施失效时采取的纠正行动。
6. 建立程序以验证 HACCP 危害分析及关键控制点系统各方面都有效运作。
7. 记录所有程序和纪录，证明 HACCP 危害分析及关键控制点系统有效运作。

有关 HACCP 危害分析及关键控制点原则的应用详情请参阅"HACCP 危害分析及关键控制点实施指引"（附件一）。有关 HACCP 危害分析及关键控制点分析和如何研究各个

生产程序相关风险的详情，也请参阅附件一。

在 HACCP 危害分析及关键控制点分析所考虑的风险里，经营者必须考虑同质性和/或微生物学等风险。详情请参阅"同质性指引"（附件四）和"生物性危害指引"（附件七）。

有关 HACCP 危害分析及关键控制点要求的详情，请参阅本守则以下章节：

3　　词汇和定义
4.2　　管理原则
4.3　　一般记录要求
5.2　　质量和安全政策
5.3　　职责、权限和通讯
5.4　　管理层代表
5.5　　管理层评审
6.2.1　能力、意识和培训
6.5　　清洗
6.6　　虫害控制
7.3.1　新产品开发和程序
7.4.1　采购进料
7.5.1　质量控制和生产
7.5.2　验证生产程序
7.6.1　运输一般要求
9.1　　违规产品控制一般要求

7.3　设计和开发

7.3.1　新产品开发和程序

经营者必须计划和控制产品和安全相关程序的设计和开发。

在新产品开发阶段，经营者必须采用 HACCP 危害分析及关键控制点原则保证饲料添加剂的安全。

确保：

- 在相关开发程序开始前订立开发计划；
- 开发计划考虑相关的安全风险；
- 考虑 HACCP 危害分析及关键控制点。

7.3.2　修订控制

经营者必须识别设计和开发方面的变动，并保存相关记录。

经营者应该评审、验证和确认所有变动（如适用），并在实施前加以审批。

设计和开发变动的评审必须包括有关变动对产品安全的影响评估。

经营者必须保留评审结果和任何必要措施的记录。

> **确保：**
> * 制定正式变动控制程序；
> * 在实施前核准有关变动；
> * 控制和记录有关变动；
> * 评审和验证已实施的变动，并加以存档；
> * 变动控制程序涵盖安全、质量和规管要求。

7.4　进料处理

7.4.1　采购进料

审批优质供应商和筛选上乘材料是经营者质量和安全管理系统重要的一环。劣质原材料会影响制成品的质量，同时可能影响经营者整个程序的安全水平。因此，所有经营者都应该全力确保其供应商和材料都符合既定的质量和标准。

管理要求

a) 采购信息必须描述将会采购的产品，包括（如适用）采购产品的审批要求。

b) 所有原材料的筛选和审批必须包括其来源地、运输、贮存和处理情况。

c) 经营者必须记录与原材料相关的任何潜在危害。

d) 每种原材料必须具备书面具体说明，包括质量协议。如果已记录的参数改变，质量协议也会作出相应修订。

e) 除了原材料的分析性特性外，具体说明应该包括（如适用）原材料一般可能会含有的任何不良物质详情，以及已纳入经营者 HACCP 危害分析及关键控制点系统考虑范围、与原材料相关的其他危害或限制。

f) 在适用的情况下，必须界定分析性监察的要求。

g) 如果原料是从欧盟以外地区进口的饲料添加剂或预混料，经营者必须取得供应商发出的书面确认，以确保原料符合欧盟目前的饲料法规。经营者必须提供文件证明这些饲料添加剂和预混料已根据本守则附件八"产品实现所用饲料添加剂和预混料的欧盟法规指引"生产。

h) 经营者必须编制内部认可供应商名单，并为每家供应商定期进行评审。

i) 经营者必须根据经营者的要求，按照供应商供应产品的能力评估和筛选供应商，并必须制定筛选、评估和重新评估的准则。

j) 经营者必须保存任何相关分析和监察结果记录、供应商评估记录和为评估而采取的必要措施记录。

实现要求

k) 经营者必须评估各项原材料，以评估原材料相关的潜在危害。经营者必须根据 HACCP 危害分析及关键控制点原则为所有属于欧盟饲料卫生法规第 183/2005 号项下的所有材料进行评估。

l) 经营者必须检查确保饲料添加剂和预混料乃按照本守则的要求生产。请参阅本守则附件八"产品实现所用饲料添加剂和预混料的欧盟法规指引"。

> **确保：**
> - 审批程序涵盖新供应商；
> - 记录、检讨和重新评估认可供应商，而且有关文件为最新版本；
> - 定期进行评审；
> - 采购的进料符合议定的具体说明；
> - 具体说明符合饲料安全议题和法例要求。

7.4.2　验证进料

进入工作场地的每个批次必须根据批次号码、产品全称、接收日期和数量进行独立登记。任何损毁情况必须向有关负责单位（例如质量监控单位）汇报。

如果大量采购进料，经营者必须订立接收和贮存程序。如果筒仓已经清空，则必须加以记录，并评估清洗情况。

进料在使用前应该根据书面程序进行检查和正式审批，并应该保留进料的样本。在适用的情况下，供应商或经营者必须在材料保存期内保留有关样本。有关可能采用的抽样程序，请参阅"抽样指引"（附件六）。

进料应该根据其状况处理，例如如果接收的产品被视为不适合使用，则必须标明有关产品不适合使用，并与可以使用的产品分开。同样，容易腐烂的材料应该适当处理，以确保材料在使用前保持情况良好。

如果进料被拒收，并因任何与产品质量和安全有关的理由不予采用，则必须记录其处置、目的地或退回供应商的情况。

> **确保：**
> - 编制处理进料的书面程序；
> - 为进料作独立登记，并包括：
>   - 供应商名称和批次号码；
>   - 经营者批次号码；
>   - 材料名称；
>   - 接收材料数量和日期；
>   - 可能到期日。
> - 根据适用的分隔程序贮存大批次的进料；
> - 在卸货前后和期间检查材料；
> - 检查污染和虫害，并记录结果；
> - 记录违规情况；
> - 记录和存档检查结果记录；
> - 保留供应商担保记录和其他相关供应商文件；
> - 在使用前发送进料；
> - 如产品被退回给供应商，则保留相关文件。

7.5 生产制成品

7.5.1 质量控制和生产

经营者必须计划和在受控条件下进行生产业务和提供服务。生产范围必须受到监控，以免未经授权人员进入有关范围。

受控条件应该包括（如适用）：

a）描述制成品特性的信息。

- 每件产品必须具备书面具体说明，并在出现任何变动时作出修订。
- 每件产品必须具备独立的名称或编号。
- 必须提供包装和标签详情。产品标签必须符合相关的欧盟饲料法规。
- 每件包装必须标上独特的识别码（可以是一组编号），以便日后识别和追踪所属批次。
- 所有制成品应该根据书面程序在交付前进行检查，以确保制成品符合具体说明。经营者必须为每个批次保留比例合适的样本，并最少在产品的既定保存期内保存有关样本。样本必须封好和标上标签，并适当贮存以免出现异常变化，以及在适当期间保留供有关部门使用。

  有关可能采用的抽样程序，请参阅"抽样指引"（附件六）。

- 如果产品被拒收，并因任何与产品质量和安全相关的理由而没有发行销售，则必须记录其处置、目的的或退回供应商的情况。

b）工作指示：

- 各个生产阶段必须根据书面程序进行，以界定、控制和监察制造过程中的关键控制点。
- 工作指示必须包括处理残留物风险的程序。

c）包装规定：

- 包装产品时必须小心避免在包装过程中出现污染和交叉污染，并确保已根据相关饲料法规条文正确识别和标签包装产品。
- 包装必须配合产品类型，以在预定保存期内保存产品内容。危害分析及关键控制点分析必须考虑包装设计。
- 运货板必须操作正常，而且清洁干燥。使用后归还的运货板必须加以检查，并在再用前进行必要的清洗。

d）贮存规定：

- 制成品必须清楚识别，并贮存在清洁干燥的环境。只有获授权人员才可以进入贮存材料的范围。
- 进料、活性物质、媒介物质和符合具体说明的产品（和不符合具体说明的产品）必须在妥善设计的地点贮存、调整和保存，以确保贮存环境合适妥当，能够减少污染风险和可能被有害生物破坏的机会。已包装的材料必须适当地包装贮存。

- 贮存材料的方式应该方便识别有关材料，以免出现交叉污染和防止变坏，并应设立存货周转系统。
- 贮存环境应该尽量减低损毁包装和材料溢出的风险。

e）装货和交付规定：

- 交付产品时，必须谨记以保障动物和人类健康为首要考虑。
- 内部运输、贮存、运送、输送处理和称重使用的容器和设备必须保持清洁，并应考虑清洗有关容器和设备。
- 必须进行最终检查，以确保交付正确的产品。

确保：

- 只有获授权人员方才进入生产范围；
- 根据正规生产规划进行生产；
- 向相关人员分发生产计划；
- 保存生产记录证明符合主要配方；
- 防止或控制交叉污染；
- 每件产品也有具体说明、独立名称和/或编号；
- 每件产品也有预定标签；
- 清晰标明和识别制成品；
- 每件产品都有预定包装指示；
- 控制包装程序，以免污染和出现混乱情况；
- 在交付前检查将要交付的货品；
- 记录有关检查；
- 分开和贮存违规产品，以免出错；
- 具足够的贮存设施；
- 管理贮存设施时能防止在处理期间出错；
- 贮存设施适合用作贮存用途，例如洁净程度、通风、干燥和温度控制；
- 设立既定存货周转系统，例如先进先出制度；
- 控制和分开过期存货；
- 控制和分开松散的大批原料。

7.5.2　验证生产过程

如果生产过程的结果不能够通过后续监察或测量控制，经营者必须验证有关的生产程序，包括只在产品使用或交付后才能发现缺陷的程序。

验证应该展明程序能够达到预期结果。经营者的 HACCP 危害分析及关键控制点系统必须考虑验证频率，并应该特别留意残留物和同质性。

经营者必须为以下程序制定安排：

a）制造过程的既定检讨和审批标准；

b）设备审批；

c）人员资格的鉴定；

d）具体方法和程序的使用情况；和

e）记录要求。

> **确保：**
> - 订立书面验证程序；
> - 验证数据证明所有生产程序都达到既定结果；
> - 验证数据证明残留物受到控制。

7.5.3 识别与可追溯性

为确保可追溯性，经营者必须：

a）在产品实现过程中采用合适方法识别和记录产品；和

b）存置记录，包含以下信息：

- 进料和添加剂制造商的名称和地址，或中间人的名称和地址。进料必须根据第 7.4.2 节进行验证。
- 生产的添加剂和预混料的性质和数量、相关制造日期、在持续生产的情况下指定生产部分的批次号码（如适用），以及中间人、制造商或接收添加剂或预混料的使用者名称和地址。

> **确保：**
> - 制定可追溯程序，包括通过质量控制数据和批次记录追踪制成品、所使用的原材料和供应商资料；
> - 可追踪接收交付材料的客户资料，包括客户名称、日期、批次和数量。

7.5.4 保存产品

经营者必须为产品制定保存期，并在加工和交付至预定目的地期间保持产品的一致性。

保存措施必须包括产品识别、处理、包装、贮存和保护。保存措施必须同样应用在产品组成部分。

> **确保：**
> - 规定和执行保持产品稳定的计划；
> - 贮存期间控制产品环境，以确保产品符合质量和安全要求。

7.6 运输

7.6.1 一般要求

原材料和制成品的运输是生产过程中的关键点。对人类或动物有害的杂质可能混入制成品内。为减低污染的风险，经营者必须采取措施以确保适当地运送原材料和制成品。

经营者必须考虑两类制成品的运输安排：包装货品和大批材料（不论液体或固体）。分销和运输工作由分包商负责，经营者挑选运输商时，必须确保其符合产品安全和可靠度标准。

在制定供应商和运输商要求时，经营者的 HACCP 危害分析及关键控制点计划必须把运输纳入考虑范围。

经营者必须通知运输商有关运输要求，并记录和定期验证有关要求。

经营者评估运输商的表现时，必须确定运输商的行动能够有效达到要求。

如果运送制成品是交付条款之一，而买方承担运输的责任，经营者必须负责通知买方将会在装载和运输/交付前或期间实施这项标准的要求。

> 确保：
> • 记录与分包运输商的协议；
> • 在挑选运输商时考虑他们达到本守则所规定的经营者要求的能力；
> • 控制和评估运输商能否达到预期质量和安全要求；
> • 经营者也向买方安排的运输应用本守则的要求。

7.6.2　运输包装货品

经营者不应把饲料添加剂或预混料（即使已封好）跟会影响原材料或制成品安全的货物一同运送。

原材料或制成品的包装应该提供足够保护，以防在运送途中变坏或受到污染。

> 确保：
> • 制定程序以确保产品在运送途中保持完整；
> • 包装为原材料或制成品提供足够保护。

7.6.3　运输大批产品

经营者必须根据现有的适用法规制定系统，防止污染物危及饲料添加剂和预混料的完整性。

经营者必须确保运送大批产品的运输商拥有足够的知识处理饲料添加剂和预混料。最佳的做法是运输商提供相关证书证明已达到认可标准。

经营者必须向运输商提供将要装载产品的有效信息，以便运输商选择合适的容器/集装箱，以提供最佳的保护。

如要清洗容器/集装箱，选用的清洗方式必须能够清洗前一次运货时残留的任何污染物。

运输商必须提供清洗证明，当中包含以下信息：

　a）能提供容器/集装箱追溯性的信息；

　　b）以前运货的资料；

　　c）清洗方法；

　　d）清洁公司；

　　e）已清洗的卸货设备（如适用）。

运输商必须在清洗后检查和记录清洗的效率。

如果前一次运载的货物不会影响即将运载的货物安全，则可以豁免进行清洗程序。

有关清洗的详情请参阅附件三"运输指引"。

确保：

- *制定相关程序控制经营者 HACCP危害分析及关键控制点中的所有相关风险；*
- *如要清洗，清洗证明必须包含评估容器是否适合运载货物的所有相关资料；*
- *制定程序防止产品受不良或不允许的污染物污染。*

---

8 系统检讨

8.1 一般要求

经营者必须记录确保管理系统有效操作的措施，其中可能包括规划、推行和监察程序，以证明产品符合有关规定。监察程序应该包括收集测量结果、数据分析、结论，以及（如相关）改善管理系统的程序。

确保：

- *制定正规评审系统；*
- *系统包含数据收集；*
- *系统包含数据分析；*
- *系统包含结论；*
- *系统包含按照结论制定的改善措施；*
- *界定和保持改善的时间表。*

8.2 内部审核

经营者必须确保进行内部审核以验证管理系统：

　　a）已有效推行和保持；

　　b）符合规管和其他既定要求；

　　c）已清楚界定审核范围，并按照被审核活动的相关风险决定审核频率；和

　　d）审核员必须接受培训，并具备相关能力和能够独立工作。

内部审核也可以用于辨别潜在改善机会。

经营者必须安排进行纠正措施，并在完成后进行验证。

经营者必须记录进行内部审核的时间表，并包括规划、汇报和建议改善项目详情。

具体的审核计划应该起码包括：

 a) 编制和发出审核计划；

 b) 进行审核的方法；

 c) 汇报审核结果；

 d) 分发报告。

确保：

- 建立一个预定时间表的审核方案；
- 进行内部审核；
- 界定审核范围；
- 审核范围包括饲料安全议题；
- 界定进行审核的频率；
- 审核员接受过适当的培训；
- 汇报和记录审核结果和违规情况；
- 向主要人员分发报告；
- 汇报正式跟进行动；
- 验证已纠正的违规情况。

9　控制违规产品

9.1　一般要求

经营者必须建立一套书面程序，以处理不符合既定要求的产品。

程序应该包括：

 a) 识别产品和批次号码；

 b) 任何违规情况、纠正措施和验证步骤的记录文档；

 c) 违规原因评估；

 d) 受影响批次的区分情况；

 e) 产品处置安排（如适用）；

 f) 有关方的内部资料记录。

经营者必须规定评审和处置违规产品的职责。

违规产品应该按照书面程序进行评审，并按照以下其中一种方式处理：

 a) 重新加工；

 b) 重新分类或分配；或

 c) 拒绝接收并随即销毁或弃置；

 d) 所有违规记录必须按照文件控制程序保存，并在适当的时候存档。

HACCP危害分析及关键控制点系统必须考虑重新加工产品（例如遭拒绝接收货品、客户退货或损坏货品）的审批和使用。不通过审批的潜在重新加工产品将当作废料处置，并应该按照废弃物处置程序处理。

> **确保：**
> - 具备处理违规产品的正式系统。
> - 程序涵盖：
>   - 产品识别；
>   - 违规产品记录文档；
>   - 根本原因评估；
>   - 纠正措施和验证步骤记录文档；
>   - 违规产品的区分、处理和评估，包括：
>   - · 被拒材料
>   - · 限制接收材料
>   - · 饲料安全要求项下其他潜在用途的原因
> - 员工了解这些程序。
> - 具备控制违规产品的清晰指标或方法。
> - 保存违规产品记录。

9.2 投诉处理系统

经营者必须制定一套有关处理投诉的书面程序，并应该包括以下要求：

　　a）分配控制投诉的职责；

　　b）记录投诉客户的姓名；

　　c）记录产品名称和识别码；

　　d）辨别和记录每个投诉；和

　　e）回应投诉客户。

经营者应根据投诉的频率和严重性及时有效地实施纠正措施。

在可能的情况下，经营者必须使用投诉信息避免同类事件再次发生，并持续进行改善。

有关实施投诉处理系统的详情，请参阅附件二"投诉处理系统实施指引"。

> **确保：**
> - 具备正式的客户投诉处理系统。
> - 界定控制投诉的职责。
> - 系统包含足够的客户和产品信息。
> - 投诉根据以下各项进行评估：
>   - 成因；
>   - 严重性；
>   - 客户；
>   - 其他相关议题。
> - 善用投诉项目避免同类事件再次发生。
> - 实施相关纠正措施。
> - 回应客户。

9.3　回收

经营者必须记录正式回收程序，以便在发生任何可能影响饲料安全的违规情况时可以立即通知客户。回收程序必须定期进行评审，以确保符合质量手册、规管要求和经营者的机构规定。

回收程序应该包括以下各项的要求：

a）界定和分配回收程序职责；

b）识别每批违规产品，包括在整个过程中对其他产品批次或原材料的影响；

c）识别受影响批次的目的地；

d）通知客户受影响的批次，并统筹产品回收；

e）描述处理和重新评估和/或弃置回收产品的程序，包括与其他产品和材料隔离的安排；

f）保存有关产品回收、生产过程的成分和/或分发至受影响客户的记录。

在推行上述措施时，经营者也要同时采取以下措施，以免事件再次发生：

—确保马上实施纠正措施和预防措施；

—验证纠正措施和预防措施行之有效。

饲料添加剂和预混料业务也可能基于食物安全以外的原因从市场收回产品，这类个案应该按照本文所述的程序处理。

经营者必须最少每年测试回收程序的效用一次，并记录和评估测试结果，谋求改善。

> 确保：
> - 制定正式回收程序；
> - 委任适当人员负责；
> - 适当描述回收程序；
> - 回收程序包括处理、重新评估和/或弃置回收产品；
> - 推行有效的纠正措施和预防措施；
> - 记录所有回收情况；
> - 定期测试回收程序；
> - 记录回收测试；
> - 评估回收测试的结果。

9.4　危机管理

如果饲料业务经营者认为或有理由相信其进口、生产、加工、制造或分销的饲料不符合饲料安全要求，必须马上启动程序，从市场回收有问题的饲料，并知会有关部门。

○ 必须记录危机管理程序

◦ 必须界定通知客户和规管部门的职责

◦ 必须界定机构内部进行产品回收的职责

必须注意危机可能导致快速预警报情况，或与此相关的情况。

有关回收程序的详情，请参阅附件九"产品回收和危机管理指引"。

> **确保：**
> - 制定危机管理程序；
> - 界定通知客户和规管部门的职责；
> - 界定进行产品回收的职责。

10 统计技术

在适当的时候，经营者必须评估和辨别使用统计技术的需要。

如采用统计技术，经营者必须证明有需要使用这些技术。

经营者必须证明这些技术的适当性：

- 必须计算和记录标准误差；
- 标准误差必须介乎合适水平，以确保饲料安全；
- 必须监察超越标准误差和趋势的数据；
- 如果超出标准误差界限，则必须指明纠正措施。

> **确保：**
> - 评估和界定统计技术的使用；
> - 提供每一种统计方法的概览；
> - 记录各种方法的适用性；
> - 经营者具备必要的统计技能。

附录二　英文缩略表

英文缩写	英文全称	中文名称
ISO	International Organization for Standards	国际标准化组织
FDCA	Food Drug Cosmetics Administration	食品药品化妆品管理委员会
FDA	Food Drug Administration	食品药品管理委员会
USDA	United States Department of Agriculture	美国农业部
FSIS	Food Safety and Inspection Service	美国农业部食品安全检查署
APHIS	Animal and Plant Health Inspection Service	美国动植物检疫署
GMP	Good Manufacture Practice	良好操作规范
AAFCO	Associationof American Feed Control Officials	美国饲料官员控制协会
HACCP	Hazard Analysis and Critical Control Point	危害分析的临界控制点
FAMI-QS	European Feed Additives and Premixtures Quality System	欧洲饲料添加剂和添加剂预混合饲料质量体系
CRL	Community Reference Lab	欧盟参比实验室

参考文献

[1] Alfred Petri，黄苏西，任继平. 欧洲饲料生产质量管理. 养殖与饲料，2006，4：50-53.

[2] 白美清. 积极推行饲料行业 HACCP 安全管理体系把质量认证工作推向新阶段. 广东饲料，2004，6：3-4.

[3] 陈强. 中国外资饲料企业发展迅猛. 中国饲料，1999，14：5-6.

[4] 蔡辉益，刘国华. 我国的饲料安全现状及标准化工作进程. 饲料广角，2002，19：5-8.

[5] 陈石，韦桂元. 浅析饲料与畜产品的安全关系. 中国畜禽种业，2008，3：32-34.

[6] 冯力更，张霁月. 北美地区的饲料质量安全控制. 中国牧业通讯，2008，19：36-37.

[7] 冯自科，张忠远，马学会. 饲料企业引入 HACCP 体系的必要性和可行性. 黑龙江畜牧兽医，2002，12：19-21.

[8] 顾正祥. 谈谈我国饲料安全法律体系的完善. 广西轻工业，2007，5：14-15.

[9] 谷继承. 提高质量安全水平提升产品竞争力. 中国饲料，2008，23：6.

[10] 贺亚雄，刘维华，谢荣国. 加强饲料监管确保饲料安全. 中国农业科技导报，2008，10：118-120.

[11] 敬瑞杰. 经营管理——企业的灵魂. 四川水利，2007，3：9-10.

[12] 孔凡真. 美国饲料安全管理的做法及启示. 饲料与畜牧，2005，2：12-13.

[13] 刘全. 美国、加拿大饲料安全监管情况及启示. 饲料工业，2007，11：63-64.

[14] 刘宗华，沈永刚. 我国饲料安全现状及监控对策. 上海畜牧兽医通讯，2007，1：60.

[15] 刘忠琛，纪伟旭，王金周. 我国饲料安全隐患的成因分析. 河南畜牧兽医，2006，4：3-5.

[16] 刘忠琛，纪伟旭，李书勋. 我国饲料安全存在九大隐患. 粮食与食品工业，饲料工业，2006，2：43-45.

[17] 刘政，姜淑妍. 饲料质量是饲料企业的生命. 湖北畜牧兽医，1998，1：22-24.

[18] 刘天明. 强化饲料标签监管，杜绝饲料安全隐患. 中国动物保健，2008，7：68-69.

[19] 刘国信. 美国的饲料安全管理. 动物保健，2005，3：47.

[20] 刘素杰. 饲料原料的质量控制及贮藏管理. 辽宁农业职业技术学院学报，2008，11：3-4.

[21] 梁杰. 食品生产企业 HACCP 体系实施指南. 北京：中国农业科学技术出版社，2002，8：15.

[22] 林海丹. 他山之石，可以攻玉——美国饲料工业考察报告. 广东饲料，2008，2：7-10.

[23] 罗建民. 从饲料管理存在问题谈饲料法立法的必要性. 广东饲料，2005，12：3-6.

[24] 李叶青. 浅议影响畜产品质量安全的因素与对策. 中国动物保健，2008，10：47-49.

[25] 李爱科. 我国饲料资源开发现状及前景展望. 畜牧市场，2007，9：13-16.

[26] 赖迈成. 以质量兴企，创放心品牌—正虹集团饲料质量管理综述. 湖南饲料，2008，6：39-40.

[27] 娄源功. 宋海峰. 经济全球化背景下我国饲料工业的现状及发展趋势. 饲料工业，2003，2：52-53.

[28] 吕向东. 饲料安全性评价. 山东家禽，2001，2：12-13.

[29] 马长源. 加强饲料质量监测和监督管理势在必行. 中国畜牧杂志，1994，2：16.

[30] 马涛. 饲料安全问题的紧迫性和对策. 养殖与饲料，2006，4：15-17.

[31] 马力，田婷婷. 我国的饲料安全与保障措施. 西南民族大学学报·自然科学版，2008，2：107-111.

[32] 宁瑛，冯永森. 饲料安全再认识. 畜牧与饲料科学，2007，1：56-58.

[33] 聂青平. 饲料企业实施 HACCP 体系和 ISO9001 体系的融合运行饲料企业生产制程中的质量管理. 广东饲料，2004，6：13：7-9.

[34] 聂青平. 饲料企业实施 HACCP 体系和 ISO09001 体系的融合运行. 广东饲料，2004，6：7-9.

[35] 聂青平. 饲料加工企业建立 HACCP 体系的基本步骤. 广东饲料，2001，2：11-13.

[36] 秦玉昌，杨振海，马莹，吕小文. 欧美饲料安全管理和法规体系走向启示. 农业经济问题，2006，7：75-78.

[37] 戚亚梅. 欧洲食品安全预警系统建设及启示. 世界农业，2006，11.

[38] 沈镇昭，杨振海. 加拿大对饲料安全的监管及启示. 世界农业，2005，1：39-42.

[39] 沈水昌. 中小型饲料企业的质量控制要点探讨. 浙江畜牧兽医，1999，1：41-42.

[40] 沈云交. 何谓质量. 大众标准化. 2006，9：43-45.

[41] 宋洪远，赵长保. 我国的饲料安全问题：现状、成因及对策. 中国农村经济，2003，11：29-36.

[42] 魏秀莲，冯秀燕. 饲料安全与畜产品安全关系及建议. 中国动物保健，2004，12：21-23.

[43] 王征南. 饲料产业发展政策研究. 北京：中国农业科学技术出版社，2006，11.

[44] 王作洲，江科. 饲料安全是畜牧产业和食品安全的重要基石. 中国动物保健，2008，6：70-78.

[45] 王峰. 欧盟 FAMI-QS 认证介绍. 饲料广角，2007，2：14-15.

[46] 谢瑾瑜. 简述美国的质量管理. 标准计量与质量，2003，6：33-34.

[47] [美] 西蒙，管理方法. 北京：北京经济学院出版社，1988.

[48] 辛盛鹏. 我国饲料质量安全标准体系应加快建设. 饲料研究，2009，2：71-75.

[49] 杨振海. 积极推行 HACCP 管理，加快我国饲料质量管理与国际接轨. Animal Science Abroad，2001，6：2.

[50] 杨辉. 饲料企业引入 ISO9000 认证的必要性与现实意义. 养殖与饲料，2006，3：46-49.

[51] 杨辉. 强化饲料企业全过程的质量管理. 广东饲料，2007，8：19-21.

[52] 杨辉. 饲料企业质量管理的难点问题及对策. 饲料广角，2008，12：41-49.

[53] 杨柳江. 饲料企业生产制程中的质量管理. 饲料广角，2008，3：41-44.

[54] 杨辉. 浅论饲料企业质量管理体系长效机制的构筑. 饲料广角，2001，14：44-48.

[55] 杨慧. 应用 HACCP 系统推进饲料质量管理. 福建畜牧兽医，2007，1：17-19.

[56] 杨茂东. 我国饲料企业的经营现状分析及对策研究（上）. 饲料广角，2005，4：13-14.

[57] 杨茂东. 我国饲料企业的经营现状分析及对策研究（下）. 饲料广角，2005，5：7-9.

[58] 杨瑛. 新时期我国饲料质检机构建设探析. 中国饲料，2007，6：29-31.

[59] 晏向华. 现代饲料企业经营管理模式探讨. 江西饲料，2000，3：19-20.

[60] 晏向华，瞿明仁，黎观红. 关于现代饲料企业经营管理模式的探讨. 广东饲料，1999，6：9.

[61] 严建刚. 饲料企业产品质量控制环节与措施. 粮食与饲料工业，2007，1：28-30.

[62] 应永飞，屈健. 对完善饲料安全监控体系的思考. 中国动物保健，2008，8：77-81.

[63] 张琳. 饲料企业的国际比较. 生产力研究，2006，4：21-22.

[64] 张瑜. 确保饲料质量和安全的法规. 饲料广角，2000，4：15.

[65] 张金梅. 企业经营管理模式创新探悉. 企业活力，2006，2：6-7.

[66] 张江涛. 赴美饲料工业考察学习随想. 饲料广角，2006，4：11-12.

[67] 邹扬. 浅谈饲料安全生产的几个问题. 湖南饲料，2008，3：21-23.

[68] 朱正鹏，单安山. 我国饲料行业应用 HACCP 体系面临的问题. 中国饲料，2004，14：34-36.

[69] 郑小英，孙艳波. 对饲料质量安全实行全程监控的思考. 河南农业，2008，8：50.

[70] 全国饲料评审委员会. 欧盟饲料添加剂管理法规选编. 2005，5. 内部资料

[71] 农业部畜禽产品质量监督检验测试中心. 国内外畜产品质量安全对比分析. 2004，12：31-32.

[72] 农业部畜牧业司，全国饲料工作办公室. 饲料法规文件. 北京：中国农业科学技术出版社，2007，3.

[73] 国务院. 饲料和饲料添加剂管理条例. 1999，5.

[74] 中国饲料工业协会质量咨询中心. 饲料产品认证检查员培训学员手册. 2005，1. 内部资料

[75] 北京华思联认证中心. FAMI-QS 认证规范、指南及相关法规. 2007，1. 内部资料

[76] 农业部畜牧兽医局，中国饲料工业协会. 饲料工业标准化汇编 2002（上册）. 北京：中国标准出版社，2002，9.

[77] 农业部畜牧兽医局，中国饲料工业协会. 饲料工业标准化汇编 2002-2006. 北京：中国标准出版社，2006，5.

[78] AAFCO Feed Inspector's Manual. Association of American Feed Control Officials Inspection and Sampling Committee. 2000，May 1.

[79] Electronic Code of Federal Regulations. e-CFR Data is current as of 2006，February 12.

[80] The Health & Consumer Protection Directorat-General，working document，List of Legislation 2005，April：8-25.

[81] Nathan Bird. China on its way to improve food safety. FEED · MIX 2008，1：26-28.

[82] Tomas Qvarfort. A revolution in feed quality control. FEED TECH 2008，12. 6：8-11.

[83] Hendyik Embyechts. Safe Feed——Safe Food [A]. Proceedings of Shanghai International Syposium on the Safety of Cereal，Oil & Food (ISSCOF) 2004 [C]，2004.

[84] Anders Aksnes and Jan Pettersen. Feed quality and pollution. 海洋水产研究 2001，4：65-70.

[85] Lori Weaver. Focus on Safe Feed/Safe Food. FEED MANAGEMENT 2006，11-12：9-10.

[86] Jones. Quality Control In Feed Manufacturing. FEEDSTUFFS 2005，9-14：59-60.